20.-

Edition G. Braun

Harald Hurst, geboren 1945 in Buchen, verschiedene Berufe, Studium der Romanistik und Anglistik, lebt als freier Schriftsteller in Ettlingen. Schreibt Kurzgeschichten, Erzählungen, Gedichte und Hörspiele. Erhielt seit 1986 mehrere Preise und Stipendien, zuletzt den Thaddäus-Troll-Preis 1993.

G. BRAUN BUCHVERLAG

1. Auflage 1993

Umschlagfoto: Uli Reinhardt
Satz: Barbara Herrmann, Freiburg
Druck: G. Braun Druckerei GmbH & Co. KG

Die Deutsche Bibliothek – CIP-Einheitsaufnahme

Hurst, Harald:
Dass i net lach! : Geschichten und Gedichte / Harald Hurst. –
Karlsruhe : Braun, 1993
(Edition G. Braun)
ISBN 3-7650-8124-8

Harald Hurst

Daß i net lach!

Geschichten und
Gedichte

G. Braun

für Charlotte

Weingroßvater Ludwig

Mein Großvater mütterlicherseits war Metzger, Koch, Pächter einer nicht ganz gutbürgerlichen Wirtschaft und ein gewaltiger Weintrinker dazu. Für die Gäste war er ein Original, für meine Großmutter ein schwieriger Mensch, ein Gassenengel und Hausteufel, wie sie das nannte. Der Enkel, der mit der Stupsnase über die Stammtischkante wuchs, hätte sich keinen amüsanteren Großvater wünschen mögen, als diesen trinkfreudigen Koloß von Mann, der nach etlichen Schoppen Wein im Verlauf der zweiten Tageshälfte immer leichtsinniger und lustiger wurde und unaufhaltsam vom Lager der Erwachsenen ins buntgescheckte Reich der Kinder und Narren wechselte. Wer sich ihm nüchtern in den Weg stellte, bekam seinen Jähzorn zu spüren. Meist war es die Großmutter, die ihn aus Geschäftsinteresse mit der Vernunft belästigte. Als sturmerprobtes, resolutes Weibsbild duckte sie sich nicht unter dem patriarchalischen Donner seiner Stimme, sondern straffte ihre magere Gestalt und fauchte gepfeffert zurück. Sie stand vor ihm wie eine zähe Wurzel.

Es war ein turbulentes Theaterstück mit burlesken, schwankhaften und melodramatischen Szenen, das sich im Wirtshaus-Bühnenbild einer frühen Kindheit abgespielt hat. Der Wein des Großvaters hat tatkräftig Regie geführt und die Protagonisten gelegentlich überfordert, mich ausgenommen.

Ich war ein dünner Zweitkläßler, als der Großvater nicht langwierig und unschön an Leberzirrhose, sondern an einem gnädigen Herzschlag Punkt zwölf Uhr mittags hinter seinem Tresen gestorben ist. Angeblich soll er einen Korkenzieher in der schon erstarrten Hand gehabt haben. Ich halte das für eine boshafte Legende, die von der väterlichen Linie meiner Familie in verleumderischer Absicht in die Welt gesetzt wurde.

Die Erinnerung an meinen Weingroßvater ist mit den Jahren verblaßt, bis auf ein paar Bilder, die sich mir unauslöschlich eingeprägt haben.

Ich sehe ihn in seiner Küche am großen Mittelherd hantieren, schnell und fingerfertig wie ein Zauberer. Er zerhackt Kräuter und schneidet Zwiebeln. Ein Wunder, daß seine Finger noch dran sind. Er rüttelt an Pfannen, schlägt einhändig Eier für Omeletts ins spritzende Fett. In Griffnähe steht immer das Glas Rotwein. Ohne seinen Wein hätte Großvater Ludwig sich vermutlich geweigert, auch nur eine Frikadelle anzubraten. Wenn er ein gewisses Quantum intus hat, bewegt er sich geschmeidig und schwungvoll um den Herd. Dann wirft er eine leere Gulaschsuppendose über drei Meter zielgenau in den Mülleimer. Aus der Drehung heraus. Dabei pfeift er Operettenmelodien oder trompetet ein Potpourri beliebter Märsche aus den Backen und durch die Nase. Zwischendurch stemmt er eine Hand in die Hüfte und trinkt.

Es kommt vor, daß Großvater Ludwig das der Arbeit zuträgliche Weinmaß überschritten hat und nicht mehr einsieht, daß er als genialer Chef de Cuisine, der ein nobleres Lokal verdient hätte, die niedrigen Geschäfte des Kochens verrichten soll. Dann steht er im weißen Kochskittel, ein Geschirrtuch über die Schulter geworfen, an einem strategischen Punkt seines Küchenreiches, von dem er die rechte Zubereitung und zügige Ausgabe der Speisen durch das weibliche Personal seines Familienbetriebs überwacht und leitet. Mit großartigen Feldherrengesten und knappen Befehlen im Schlachtenlenkerton steuert er die Abläufe. Dazu braucht er nur seine rechte Hand, die wedelt, zur Eile antreibt, abwinkt, mit dem Finger auf Töpfe und in verschiedene Richtungen zeigt, als müsse er Hannibals Elefanten über die Alpen dirigieren. Dabei steckt der dicke Zeigefinger seiner linken Hand in der Henkelschlaufe des Schoppenglases, aus dem er in kurzen Abständen große Schlucke nimmt, um seinen Gaumen für das Abschmecken der Soßen zu präparieren. Auch um dem enormen Druck der Verantwortung besser standzuhalten, den eine hungrig im Nebenzimmer wartende, zwanzigköpfige Konfirmationsgesellschaft auf den Küchenmeister ausüben kann.

Es gab wohl keine Lebenslage, in der Großvater Ludwig nicht wenigstens zwei triftige Gründe zum Weintrinken anführen konnte. Der Rebensaft half ihm, zu vergessen und sich zu erinnern, beruhigte und belebte ihn zugleich, verstärkte seine gute Laune und milderte alle Arten von Sorgen und Kümmernissen. Mit Wein spülte er Ärger hinunter, überdachte Entscheidungen, begoß freudige Ereignisse, die er einfach erfand, wenn sie nicht eintrafen. Im Wein versöhnten sich ihm die Gegensätze zu einer wunderbaren Wahrheit, zu einem harmonischen Durcheinander, das kein nüchterner Mensch, auch kein noch so tüchtiger Biertrinker, nachvollziehen konnte, weil es keine Bierseligkeit, wohl aber eine Weinseligkeit gibt. Der Großvater hatte jedenfalls nie einen ausreichenden Grund, keinen Wein zu trinken. Er war, so glaube ich heute, ein knallharter Träumer.

Am deutlichsten sehe ich ihn vor mir, wie er in exklusiver Gesellschaft einer Flasche Wein an seinem runden Stammtisch sitzt. Jeden Dienstagvormittag treffe ich ihn dort an, wenn ich mit der Vespertasche um den Hals vom Kindergarten komme. Ruhetag. Die Wirtschaft ist zu. Er hat auf mich gewartet, zieht mich auf seinen Schoß. Er hat zwei Brezeln gekauft und dick mit Butter bestrichen. Die hält er mir unter die Nase, nachdem er die Salzkörner in den gußeisernen Aschenbecher geschmirgelt hat. Ich spüre meinen kleinen Bubenhinterkopf in seiner tellergroßen Pratze, geborgen wie in einem harten, aber sicheren Futteral. Ich rieche heute noch den scharfkrautigen Rauch seiner Zehnpfennig-Burgerstumpen. Schräg zu ihm hochblikkend, sehe ich seine grauen Bartstoppeln am Kinn und den roten Wein im Glas. Ich höre sein langgezogenes „Aaah! –" nach dem herzhaften Schluck, den er eine Zeitlang im Mund behalten hat.

Er streicht zwischen Daumen und Zeigefinger seinen buschigen Schnauzbart trocken und glatt und schaut himmelwärts, als glaube er dort an irgendetwas, wo er seine Dankbarkeit loswerden könnte. „Ach Büble", höre ich ihn sagen, „des isch, wie wenn ai'm e wunderschöns Engele ins Maul gebrunzt hätt."

Wär's des für heut?

Gute Morge, Herr Hurscht
so früh heut schon?
kaum zehne vorbei
habe Se nimme schlofe könne
wege de Sonn?
was derf's denn sei?
100 Gramm Mortadella
e Hackflaischküchle
geht's voran mit'm Dichte?
was macht d'Schreiberei?
drei Scheibe Schinke
wann kommt's neue Büchle?
gell, 's gibt halt Zeite
do fallt ai'm nix ei
wär's des für heut?
oder soll's noch was sei?
en Gourmetsalat
e Schweinelend
kriege mer B'such
übers Wocheend?
mir habe Sie kürzlich
im Radio g'hört
's war schad, wege dem G'witter
mer hat kai Wort verstanne
de Sender war g'stört
habe Se mol Kalbshirn probiert?
den Zipfel pack ich Ihne ei

's isch grad noch e Dichterportion
des däd ich Ihne schenke
vielleicht helft's e bissl
bei de Inschpiration
schön's Wocheend
viel Glück
beim Denke.

Nice Price

250 Gramm Lyrik Light – Milde Mischung
mit viel positiver Identifikation
die sanfte Art sich erschüttern zu lassen
ordentlich gedichtet
sauber gereimt
und schön ausgedrückt
für nette Leute wie Sie
mit gelegentlichen Gefühlen
der Leichtlesestoff für die kleine Krise zwischendurch
den sentimentalen Anfall nach dem vierten Cointreau
die kultivierte Traurigkeit in Cashmere Optik
für den Herbstspaziergang mit Laura Ashley
die leise Melancholie beim Brunch
für zärtliche Stunden mit dem Partner am Kamin
und einsame Stunden mit dem Telefon an der Zentralheizung
für die Likörpause beim Staubsaugen
und den Selbstverdachtsmoment bei Ampelrot
Lyrik Light – zu jedem Anlaß die passende Stimmung
ein halbes Pfund Soft Poesie
im aktuellen pinkfarbenen City Bag
für Lyrik-Einsteiger oder als Zweitlektüre
oder einfach nur so
zum Nette-Leute-Preis von …
sagen wir sechsmarkfuffzich
weil Sie's sind

Sie sind's doch, oder?

Depp d'amour

S' gibt Zeite, do sin Fraue net g'sund für en Mann. Zum Beispiel, wenn se sich in en annere Mann verliebe un erscht Beschaid sage, wenn ihre Koffer scho an de Tür stehn.

Später, am Telefon, sage se, mer hätt selber merke müsse, daß was net stimmt. Sie hätte monatelang deutlich en unglückliche Ei'druck vermittelt. Aber d'Aufmerksamkait hätt halt nachglasse. Wenn des net gwese wär, hätte se aim net verlasse. Dann heule se. Un am End hat mer Schuldg'fühle, weil mer verlasse wore isch.

Sanfte Fraue, die net weh tun wolle, habe e besonders g'sundhaitsschädliche Art, fortzugehe. Die bleibe zärtlich un lieb bis zum End. Als wollte se ai'm noch e paar extra schöne Däg mache. Sie habe was Melancholisches im Blick. Immer öfter gucke se ai'm a, wie en zart besaitete Metzger, der sei Kälble am Hals krault, bevor er ... die befreiende Tat wird verschobe so lang's geht. Irgendwann, bevor se beim Lächle verplatze, muß es halt passiere. Aber dann muß es natürlich schnell gehe. Sie schlage ai'm aus heiterem Himmel mit'm Hammer uff de Kopf, bildlich g'sproche. Von hinne, daß mer kai Angscht aushalte muß. Dann renne se weit fort, weil se niemand leide seh könne. Woche später rufe se a, um sich vorsichtig nach'm Befinde zu erkundige.

D'Eva-Maria war so e zartes Wese. Sie hat mi net verlasse. Des hätt se net über's Herz kriegt. Sie isch aifach nimme do g'wese.

Beim Frühstück habe mer Urlaubsplän g'macht. Südfrankreich. Sie hat sich so lebensecht g'freut, daß se mir über de Tisch en Kuß gebe un's Milchkännle umg'schmisse hat. Ich hab's Auto aus de Garage g'holt, um als glücklicher Mensch ins G'schäft zu fahre. Vom Balkon hat se mir g'winkt. Seitdem hab ich se nimme g'seh.

Ich vergeß nie, wie ich haimkomme bin. Ich hab lang geklingelt, dann hab i de Schlüssel g'nomme. Sie wird ei'kaufe sei, hab i mir g'sagt. Mir wollte chinesisch koche. Vielleicht hat se d'Sojasoß oder d'Pilz vergesse un isch mit'm Rad schnell ... do hab i ihr Rad an de Hauswand entdeckt.

D'Wohnung hat irgendwie en fluchtartig verlassene Eindruck g'macht. S' Kaffeegschirr war net abg'räumt. Die Milchpfütz uff'm Küchetisch war ei'getrocknt, un d'Butter war waich. An ihrer Tass war rosa Lippestift, als hätt se frisch g'schminkt noch en Schluck im Stehe getrunke. Ich hab e komisches G'fühl g'habt. Nirgends en Zettel mit're Nachricht. Ich bin durch d'Wohnung g'ange, hab in jedes Zimmer ihren Name g'rufe. Im Bad – ihre Kosmetiksache habe g'fehlt. Die Salbetöpfle un Kremtube ware nimme do. Ich bin durch die Räum g'rennt, hab immer mehr Sache g'seh, die nimme do ware. Nebe'm Telefon – nimme ihre Haarspange, ihre Klunkergummi, ihr Kämm un Parfümproberöhrle. Ich hab mi oft über ihr Schlamperei g'ärgert, über des Taschegewurschtel an de Gardrob. Jetzt hat mi die furchtbare Ordnung in Panik versetzt. Ich hab kalt g'schwitzt un 's Frühstücksgschirr g'spült. An ihrem Messer war noch Leberwurscht. Es war wie in 'me böse Traum.

Im Flur hab ich mich mit're Flasch Wein zwische des Campingzeug g'setzt, des i für de Urlaub gekauft hab. I hab d'Preisschildle abgekratzt. Nur daß was g'macht isch. Aber lang kann mer sowas net mache. Dann hab ich mich im Wohnzimmer in de Fernsehsessel falle lasse. Mir wär jede Sendung recht g'wese. Do hab i den Zettel vor'm Bildschirm g'seh. E Rechenblatt, mit Tesafilm feschtgeklebt. Ihr saubere Schulmädlesschrift. Mir habe d'Händ gezittert. „Lieber Gerd", hab i g'lese,

„es tut mir leid. Ich habe mich verliebt. Ich kann nichts dagegen machen. Ich hab es Dir immer sagen wollen, aber, na ja, ich hab's nicht gepackt. Ich bin erstmal zu meiner Schwester nach Schwetzingen gefahren. Muß mit jemand reden. Ich glaube, es ist gut, wenn wir uns in der nächsten Zeit nicht sehen. Wir würden uns nur verletzen. Meine Sachen hol ich irgendwann ab. Ich kann auch Hans-Jörg mit dem Kombi vorbeischicken, wenn Dir das lieber ist. Bitte paß auf Dich auf. Und verzeih mir. Danke für alles. Es waren fünf Jahre, die lange schön gewesen sind. Mach's gut. Laß Dich nicht unterkriegen. Eva-Maria."

Jedes Wort war en klaine Stromstoß. Grad stark genug, daß mer nimme sitze bleibe, aber a nix Vernünftiges mache kann. Mit baide Händ hab i mi an de Ärm gekratzt, dann am Kopf. Ich bin in d'Küch g'rennt. Dort hab i vergesse, was i mache wollt. Im Schlofzimmer isch's mer ei'gfalle. E Flasch Wein wollt i aus'm Kühlschrank hole. Des hab i g'macht. Im dunkle Gang bin i übers Telefonkabel g'stolpert. Zum Glück hab i die Flasch Wein in de Küch vergesse g'habt. Die wär kaputt g'wese. Weil i sowieso grad nebe'm Telefon g'lege bin, hab i nach Schwetzinge telefoniert. Zwaimol hab i mi bei verschiedene Leut entschuldige müsse, weil i mi verwählt hab. Dann war d'Schwester am Apparat. D'Eva-Maria sei net bei ihr. Ob was ... Ich hab uffg'legt. Mehr wollt i net wisse. Natürlich war se net bei dere Schwetzinger Schwester. Was hätt se denn frisch verliebt dort mache solle? Aus de Küch hab i die Flasch g'holt.

Wie ich über die Nacht komme bin, waiß i nimme. Am nächschte Morge gege Mittag hab ich mich nebe leere Weinflasche in Schuh un Sakko uff'm Teppich im Wohnzimmer g'funne. Anscheinend hab i noch ausgeh wolle. D'Sonn hat mi g'stört un ich war verschwitzt. Ich hab de Kittel ausgezoge un de Lade runnerg'lasse, bis meine Auge im Schatte ware. Ich wollt uff kain Fall zu mir komme.

Es war kai g'sunde Zeit nach de Eva-Maria. Ich hab mi halt mit viel Talent zum Depp g'macht. Des hat sich schnell, wenn mer nach'me Liebesunfallschock d'Welt nimme versteht. S' Telefon un de Korkezieher ware wochelang die wichtigschte Haushaltsgeräte. Esse habe i net viel könne.

Für Durchfall hatt's grad g'langt. An chinesisches Esse hab i net denke dürfe, sonscht wär's mer schlecht wore. Ich hab en Gürtel gebraucht, daß d'Hos net rutscht.

Kaum hat 's Telefon geklingelt, war i schon mit'm Ohr am Hörer un hab sogar Freunde saugrob a'gfahre, weil se net d'Eva-Maria ware. Ich war süchtig nach dem graue Käschtle. Ich glaub, ich hab sogar höre wolle, wie's *net* klingelt. Dann hab i wenigschtens was zum Warte g'habt.

Nach Woche bin i obends mol vom G'schäft komme un hab scho im Hausflur mei Telefon schelle höre. Ich hätt beinah de Schlüssel abgebroche. Sie war's. Ihr Stimm hat vor guter Laune gekullert. So hat se immer geklunge, wenn se sich g'freut hat. „Mensch, Gerd, wie geht's?" Mir habe d'Kniescheibe gezittert. Ich hab sofort en trockene Mund kriegt. „Wie soll's mir geh?", hab i unwillkürlich so tonlos un depressiv in des Telefon g'murmelt. „Mir geht's prächtig. Des haißt, es geht mer immer öfter nimme ganz so schlecht. Von wo ruf'sch a?" – „Isch des jetzt wichtig?" – „Ja. Dann seh ich dich besser vor mir." – „Na ja. Also aus Freiburg. Ich bin zum Fred gezoge. Vorübergehend. Du, Freiburg im Frühjahr isch herrlich." Mir isch's plötzlich schlecht g'wese. Vom Mage her. Des G'spräch isch meinerseits dann schnell lauter wore. Bis i gebrüllt hab. Dann hat se uffg'legt. Ich hab in dere Nacht widder in de Klaider uff'm Teppich g'schlofe. Mit'm Kopf uff're gepackte Lufthansatasch. Ich glaub, ich hab nach Freiburg fahre wolle. Mit de Bahn.

Des Telefongspräch hat mi stimmungsmäßig nochmol in e arg schwarzes Loch g'schubst. S' war kai Wunder. Unsere Intresse ware halt so gegesätzlich. Ich hab g'maint, ich könnt kain Dag meh ohne sie lebe. Vor allem kai Nacht. Un sie war überzeugt, sie könnt's kain Dag meh mit mir aushalte, von're Nacht ganz zu schweige. Ich hab noch soviel sage wolle, un für sie war alles g'schwätzt. Aber des sieht mer erscht ei, wenn de Blutdruck widder normal isch.

Des Wocheend nach dem Telefonat war schrecklich. Aber 's isch wichtig gwese. Es war sozusage de Showdown als Depp un d'Schlußvorstellung, Gott sei Dank. Ein Selbsterfahrungs-Wochenende, nach dem mer nix meh mit sich zu schaffe habe will. Ab dort isch's mer besser g'ange.

Die Schwetzinger Schwester hat mir nach langem Hin und Her die Freiburger Adreß von de Eva-Maria gebe. Ich hab ihr verspreche müsse, kain Quatsch zu mache. „Net daß d'eines nachts dort vor der Tür steh'sch un dich für e geglückte Überraschung halt'sch!", hat se mich g'warnt.

An dem Samstagobend hab ich mir d'Arbaitslamp über d'Schreibmaschin gezoge, um de Eva-Maria en wunderschöne Brief zu schreibe. Ich wollt ihr, so seh ich des heut, mein reiches Innelebe enthülle, daß se begreift, was für en großartige Mensch sie verlore hat un eventuell zurückkommt. Oder wenigschtens e bissle e schlechts Gwisse kriegt. In mir hat's ausgseh, wie uff mei'm Schreibtisch.

Ich hab mit de Elleboge den ganze Krempelkram uff d'Seite g'schobe. Dann hab i ag'fange.

Wie en Wahnsinniger hab i g'schriebe. Über sechzehn Seite, in de Mitte obe ordentlich durchnumeriert, bis i mi später verzählt hab. Die ganze Nacht hab i dra g'schafft. Ohne Paus.

Es isch net übertriebe, ich hab mit original Herzblut g'schriebe. Sowas geht an d'Gsundhait. Des könnt mer net oft mache. Gege Mitternacht isch mer de Wein ausg'ange. Ich hab uff de Sherry vom Plus z'rückgreife müsse, den i normal nur zum Koche nemm. Zur Not hat mer'n trinke könne. So als Formulierungshilfe. Ich war in einer kreativen Hochform. D'Gedanke sin nur so rausg'sprudelt un habe sich praktisch von selber g'formt. Es hätt mer beinah Spaß g'macht, wenn i net so unglücklich g'wese wär.

Bei manche originelle Bilder, die mir ei'gfalle sin, hab i sogar lache müsse. Un des isch mir domols net leicht g'falle. Ich hab eher nah am Wasser gebaut g'habt. Deshalb sin mir an de traurige, lyrische Stelle öfter Träne komme. Bei dem Gedicht, des ich ihr g'schriebe hab, war i selber so g'rührt, daß i e halbes Päckle Tempo verbraucht hab. Es war e langes Gedicht. Un 's hat sich g'reimt. An de Refrain kann ich mich noch erinnere:

Wo Du hinliebst
wächst kein Gras mehr
wo Du dich hingibst
wird das Herz leer.

Mit de Zeit hat 's Augelicht stark nachg'lasse. Ich hab immer öfter ai Aug zupfetze müsse, daß i g'sehe hab, was i schreib. Mit de Nas war i fascht uff'm Blatt, un d'Zigaretteasch isch zentimeterweis in die empfindliche Maschin g'falle. Mei Feinmotorik hat zunehmend versagt. Laufend isch mer was Blödes passiert. Ich hab des halbvolle Sherrygläsle über d'Steuererklärung g'leert un de Aschebecher umgekippt. Andauernd hab i mi vertippt un 's Falsche g'löscht. De Papierkorb hat sich mit verknüllte Blätter g'füllt. Mit'm linke Fuß hab i de Papierabfall in de Korb g'stampft, daß es widder Platz gibt. Do isch mir de Schuh in dem Weidegeflecht steckegebliebe. Er hat sich so saudumm in der Röhr verkantet, daß er kain Millimeter g'wackelt hat. „Des gibt's ... also des gibt's doch net!", hab i g'schrie un gezerrt un gezoge. Ich hätt heule könne. Diesmol vor Zorn. In dem Moment schellt's. Net des Telefon. Es klingelt Sturm an de Wohnungstür. Mitte in de Nacht!

D'Eva-Maria! Sie kommt zurück! Mit dem Papierkorb am Fuß hab ich versucht, an d'Tür zu komme. Ich bin vorwärtsg'stolpert, bin umg'falle, hab mi widder hochg'schafft un bin weiterg'humpelt. Zur Tür! Im Stürze hab i d'Türfall runnergedrückt un mit de linke Hand den Kaschte von de Sprechanlag abg'risse. Dann hab i den g'straifte Badmantel vom Herr Wagner, mei'm Nachbar, vor mir g'seh. Ich hab mi hochgezoge. Ob ich wüßt, wieviel Uhr 's wär. Des Geklopfe von de Schreibmaschin ging durchs ganze Haus. Er sei um elf ins Bett g'ange un hätt seither kai Aug zumache könne. „Muß denn des sei, daß mer um die Zeit ...?" Er hat an mir runnergeguckt un isch immer mehr ins Stottere komme. Ich hab mi entschuldigt und hab ihm die Sach mit dem Papierkorb erkläre wolle. Ich müßt en dringende Artikel für die Badische Neueschte Nachrichte schreibe, der morge früh fertig sei müßt. Und die BNN sei schließlich kai Käsblättle. Do könnt mer net aifach was schreibe, daß was g'schriebe isch, hab i g'loge. Er hat en verwirrte Eidruck g'macht. Wie er des wegg'rissene Chassis vom Türöffner in meiner Hand g'sehe hat, isch er langsam rückwärts g'ange. „Herr Bährwald", hat er an seiner Wohnungstür g'sagt, „Sie könne in Ihre vier Wänd nachts treibe, was Se wolle. Des isch Ihr Problem. Aber Sie könnte vielleicht e Deckle oder was unner Ihr Maschin lege. Des dämpft e bissl. Un mache Se bitte nimme so lang. Die Schafferei nachts isch net g'sund. Gut Nacht."

Ich hab mi uff de Bode g'setzt un hab de Schuh im Papierkorb ausgezoge. Ich hab'n drin stecke lasse. Links bin i provisorisch in en Turnschlappe g'schlupft, daß i beim Schreibe kain kalte Fuß krieg. Parkettbode isch schön, aber fußkalt. Dann hab i e Handtuch unner d'Schreibmaschin g'legt, aber 's isch mer nur noch en Schlußsatz eigfalle. Ich war zu erschöpft, um des Päckle Brief nochmol durchzulese. Alle verfügbare Briefmarke hab i z'ammegsucht, abg'schleckt un uff den Umschlag geklebt. Der Brief hat dringend noch in dere Nacht rausmüsse, hab i g'maint. Un Zigarette hab i a kaine meh g'habt.

De Briefkaschte isch grad ums Eck. En Bundesbähnler isch mer begegnet. Wahrscheinlich Frühschicht. Er hat freundlich „Gute Morge" g'wünscht. Ich hab sein Blick im Rücke g'spürt un mi kurz umgedreht. Domit hat er net g'rechnt. Er war steh gebliebe, hat uff mei Füß geguckt un mit'me Grinse im G'sicht de Kopf g'schüttelt. So sin d'Leut halt uff'm Land, hab i mer gedacht. Sie kümmere sich um jeden Dreck. Vornerum mache se e freundlichs G'sicht, un hinnerum lache se ai'm aus. Bloß weil ainer zwaierlai Schuh anhat.

Ich hab den dicke Brief durch de Schlitz zwänge müsse. Wenn se'n lest, wär i gern dabei g'wese. Bei manche Wendunge, wo ich beim bloße Schreibe scho mit de Träne gekämpft hab, dürft sie beim Lese Rotz und Wasser heule.

Dehaim wollt ich ins Bett. Ich hab d'Schreibtischlamp ausgeknipst un sofort widder ei'gschaltet. Do hat was net g'stimmt!

Ich war hellwach. Der Umschlag mit de Freiburger Adreß beim Aschebecher! Ohne Briefmarke! Des hat net sei könne, weil ich'n grad ei'gworfe hab! Großzügig frankiert, daß d'Eva-Maria kai Nachporto bezahle muß. De Leimg'schmack von dene siebe Sechziger-Briefmarke hab i doch noch uff de Zung g'schmeckt! Ich hab de Schreibtisch durchwühlt. Wo isch denn des Kuvert ans Finanzamt g'wese! Fort! Aber die Steuererklärung war do. Die Formulare ware pappich vom Sherry. Ich hab mi setze müsse. Jesses, Eva-Maria un Joseph! Ich hab die ganz Nacht ans Finanzamt Durlach g'schriebe! Mit Herzblut un Kochsherry!

Ich bin nochmol aus'm Haus g'rennt. Manchmol sin d'Briefkäschte voll bis zum Rand, wenn se lang net g'leert wore sin un viele Leut g'schriebe habe. Dann kann mer was wieder rausfische un rückgängig mache. Bis zum Elleboge hab i durch de Schlitz ins Leere gegriffe. Nix zu mache. Ich war froh, daß i de Arm widder rauskriegt hab. Des hätt noch g'fehlt, daß ich in dem Briefkaschte stecke bleib. Mit'me braune Halbschuh un'me hellblaue Turnschlappe an de Füß. Als Depp d'amour.

Heimat

Heimat isch dort
wo ai'm d'Leut
so gut verstehn
daß mer manchmol
scho beim Schwätze merkt
's wär besser g'wese
mer hätt 's Maul g'halte

De Jens Schönemann

Er hat's net leicht mit uns, de Jens Schönemann von do obe aus'm Norde irgendwo. Mit sei'm Hannoveraner Dialekt, der für uns so klingt, als däd ainer mit'me scharfe Rasiermesser in de Luft rumfuchtle. Mit sei'm schnelle Mundwerk kann der sich bloß verständlich mache, aber net g'scheit ausdrücke. Mer versteht halt nur genau, was er sage will, mehr net. Mit kai'm Zwischetönle kriegt mer zum Beispiel mit, wie der sich beim Schwätze so fühlt.

Es isch doch en Unnerschied, ob jemand sagt: „Ich bekomme eine Wut", oder ob ainer brüllt: „I könnt grad uff de Sau devoreite!" Do sieht mer doch was vor sich. Dem kann mer doch förmlich zugucke, wie er d'Herrschaft über sich verliert. Mer kriegt Angscht un halt de Mund. Oder mer könnt halt uff de selbe Sau devoreite un brüllt zurück. Und dann gibt's en prima Krach, von dem alle was habe. Bei uns isch d'Wut halt scho in de Sprach. Aber lieber Gott, wenn ainer erscht ankündige muß, er tät eine Wut bekomme – des glaubt hier kain Mensch.

Dem Jens fehlt's vor allem am richtige Wortschatz. Er bräucht mehr Wörter, die ganze Sätz überflüssig mache, weil mer scho hört, was se bedeute. Was isch zum Beispiel dem Jens sein „antriebsloser Mensch" gege mein „Labbeduddl"? Wo der zwai stramme Wörter braucht, komm ich mit'me schlaffe Wörtle dere Sach näher. Ja gibt's denn was schlafferes, was lätschigeres als en Labbeduddl? Den sieht mer doch direkt vor sich im Sessel hänge. Mein Jens gibt sich Müh, unser Sprach zu lerne. „Lappentuttel", hat er kürzlich sogar gsagt. Es hat geklunge, wie vom Computer ausgedruckt.

Also bedeutungsmäßig isch unser Sprach dem Jens sei'm Dialekt schon überlege. Gege en „Furzklemmer" isch en Mensch, der bloß normal „geizig" isch, beinah spendabel. Un en „Muckebatscher" verquetscht e Muck halt rückstandsloser als eine „Fliegenklappe". Außerdem haut mer viel lieber uff e „Muck" als uff e „Fliege", weil sich's mehr rentiert. Un weil Mucke steche, wenn se Schnoke sin. Aber des isch noch e bissl kompliziert für de Jens Schönemann.

Manchmol hör ich'm gar net zu. Ich beobacht nur sei G'sicht beim Schwätze. Es muß arg a'strengend sei, wenn sich ainer so deutlich ausdrücke will. Bei jedem Laut muß der jo extra de Mund verziehe un d'Lippe bewege. Daß jo kai a, e, i, o, u, ü oder ö verschnuddelt, also unklar artikuliert wird. Also ich wär ziemlich wortkarg, wenn ich dauernd Sätz wie: „Schau mal in die Tüte, da ist ein Bonbon drin" sage müßt. Mir wär des zu mühselig. Ich stell de Mund am Satzanfang uff en dunkle Vokal. Was sperrig isch, laß ich aifach wegfalle. Ich seh net ei, daß ich mir bloß wege de Deutlichkait 's Maul verreiße soll. Ich arretier praktisch de Kiefer im mittlere Bereich. „Guck mol 'n d'Guck, do'sch e Gutsl." Des flutscht mir am Stück so raus, ohne daß sich um de Mund rum groß was bewegt. Oder habe Sie was g'seh?

Aber wie g'sagt, de Jens bemüht sich. De aktive Wortschatz isch noch ziemlich dürftig. Immerhin, beim Hörverstehe hat er schon erstaunliche Fortschritte g'macht. So en klare, simple Satz wie „Alla, trink voll leer!" hätt'n vor e paar Monat noch schwer irritiert. Heut macht er's. Un so e Szene wie domols, wo ich'm beim Umzug g'holfe hab, könnt sich heut nimme widderhole.

Mir habe g'möbelt un Bücher g'schleppt. „Heb mol die Babbedecklschachtel do!", hab ich zu'm g'sagt. „Wie bitte?

Was soll ich?", hat er mich groß a'geguckt. „Die Babbedecklschachtel hebe, nur en Moment." Ich hab se'm rübergebe, daß er's kapiert. „Ach so, du meinst den Karton. Aber wieso soll ich denn...?" Do hat er die schwer Schachtel mit dene Bücher schon bis vors G'sicht hochg'stemmt. Höher hat er's kräftemäßig net gepackt. „Net! Was mach'sch denn?", hab i g'schrie. „Nur hebe! Doch net lüpfe!" Vor Schreck isch'm die Bücherschachtel aus de Händ g'rutscht un umgekippt vor d'Füß g'falle. „Ja was denn nun?", hat er entnervt g'frogt. Ich hab lache müsse, hab'm zur Beruhigung uff d'Schulter geklopft un ihm in Gotts Name nochemol erklärt: „Ich hab doch klar und deutlich *hebe* g'sagt. Net hochlüpfe. Halt hebe. Hebe haißt nix mache, bloß net falle lasse!" Er hat sich an d'Stirn g'schlage. „Ach so, du meinst *halten!*" An dem Dag hat er widder viel g'lernt.

Inzwische kommt des zackiche „Wie bitte?" vom Jens Schönemann viel seltener in unsere Unnerhaltunge g'fahre. Un wenn i mi net verhört hab, isch'm kürzlich sogar e „Hä?" rausg'rutscht.

Hör zu, Marie!

Laß alles stehn und liegen
ein paar Minuten nur, Marie
ich weiß
die Frühstückseier werden kalt
die Gurkenmaske trocknet ans Gesicht
der Toaster spuckt zwei schwarze Scheiben aus
ich spuck jetzt in die Sonntagsharmonie
jetzt muß es raus – jetzt oder nie
hör zu, Marie

ich bin ab heute wieder ich
ich hab mich viel zu lang verwechselt
mit dem idealen Mann für dich
das war Knochenarbeit, Marie
ich hab zu lange funktioniert
mich abgerackert für dein Glück
und den Hormonhaushalt geführt
jetzt hol ich Pusteluft
für unser Kartenhaus
es tut so weh – es tut so gut
wenn man sich wieder selber spürt
Marie, hast du kapiert?
das Spiel ist alt und aus

du hast mich so geliebt
wie ich nicht bin
du warst so oft enttäuscht
ich gab mir Mühe – immerhin
und hab mich brav gebückt
wenn dir ein Tränchen runterfiel
und meine Seele
dieses luftige Organ
lag ordentlich gebügelt
in Lavendelduft erstickt
in deinem Wäscheschrank
Marie, ich war so leergelebt
von vielen grauen Tagen krank
mir ist kein Lächeln mehr geglückt
das ist ab jetzt vorbei
und ich bin wieder ganz normal verrückt
das Leben riecht nach Sommmer
Gott sei Dank

ich weiß
ich bin ein Egoist
bin ein Versager
eine Fehlinvestition
war deine schlimmste Illusion
die alte Vorwurfslitanei
verzeih den ordinären Ton
geht mir ab heut
am Arsch vorbei
so rede ich nicht gern
aber die Liebe hat mich abgeschliffen
durch meine weiche Schale
bis auf den rauhen Kern

Marie, ich fühl mich wunderbar
ich geh ohne Gepäck
ich nehm dir nur
mit Haut und Haar
mich selber weg

Toutes directions

Mittagssonne glust
über dem Felsenland
der Atem schmeckt
nach Agip
Thymian
und Teer
hab noch zwei Zwiebelchen
und ein Baguette im Proviant
im Flaschenbauch verdampft
ein Maulvoll vin de pays

ich streck den Daumen in die Luft
will runter nach Marseille
und trockne in den Straßenstaub
der Nationale bei Sisteron

da schnaubt und zischt
und hält – mon Dieu –
endlich ein camion

der Diesel brüllt durchs Felsenland
und frißt den weißen Strich
Jean-Luc verpafft sein Tabakskraut
erzählt von vielen Frauen
und von seiner Braut
und lenkt uns südwärts
Richtung Meer
mit seiner linken Hand

allez allez
scheiß auf Marseille
toutes directions
am blauen Abend
trink ich Muscadet
mit einer Meerjungfrau
im Salzwind von Toulon

Liebesgedicht

Ohne dich
wär des Lebe
wie'n Zirkus
der zu hat

ohne dich
wär ich nix
bloß en Mann
der sei Ruh hat

Leut

So alle paar Woche
treibt's mi in d'Stadt

un kaum bin i drin
treibt's mi scho widder raus

nur Leut Leut Leut
un weit un brait
kai Menscheseel

Hürriyet

In der Nacht hat es geregnet. Die Gipsstatue der Athene am Eingang meiner griechischen Stammkneipe glänzt im Licht einer Laterne, die demnächst zentral ausgeschaltet wird. Die Göttin ist vom deutschen Winter gezeichnet. Zu wenig Sonne. Sie ist krank geworden, blättert ab. Die Schuppenflechte. Psoriasis. An Stirn, Nase und Brustspitzen hat es angefangen. In der vollgeregneten Schale, die sie den Eintretenden feierlich darreicht, schwimmen Zigarettenkippen, nehmen die Spatzen ihre spritzenden Vollbäder.

Nach Ansicht des Amtes für Öffentliche Ordnung, einer der rührigsten Behörden der kleinen Stadt, paßt die Figur nicht ins biedermeierliche Straßenbild und soll entfernt werden. Seit Monaten wogt ein erbitterter Kampf um den Verbleib der Göttin hin und her. Die amtliche Verfügung zur Deportation in den städtischen Bauhof ist im letzten Moment immer wieder vereitelt worden. Die Dienststelle hat es nicht leicht mit dem Olymp.

Apostolis, der Wirt, schläft noch. Bis in die frühen Morgenstunden haben wir zusammen gefeiert. Grundlos. Es war einfach über uns gekommen. Zwischen Lachen und Weinen haben wir uns mit Hilfe einiger Karaffen Naoussa und großzügig eingeschenkter Weinbrände für das Lachen entschieden und in eine wilde Fröhlichkeit erlöst.

Wenn sein Laden läuft, die Bedienungen beidarmig schleppen, wenn Jannis, sein Koch, unter dem Druck der Bestellungen heruntergefallene Zwiebelringe beiseite kikken muß, hat Apostolis keine Zeit für Philosophie. Dann bewegt er sich als geschmeidiger Gastronom zwischen den Tischen, lächelt allseits verbindlich, schüttelt Hände, spendiert Verdauungsschnäpse, setzt sich zu Stammgästen und verströmt eine schulterschlagende Herzlichkeit, ohne den Betrieb aus den Augen zu verlieren. Dann ist er ein mit allen Wassern gewaschener Odysseus des Gaststättengewerbes mit Familienmercedes, losen Geldscheinen in der Hosentasche, mit wagemutigen Bankschulden und monatlichen Pachtzahlungen, die mich um den Schlaf bringen würden. Er zählt sich zu den erfolgreichsten Griechenwirten der süddeutschen Diaspora und plant werbewirksame Aktionen wie Sirtaki-Abende oder Lammbraten vom Spieß, den er eigenhändig vier Stunden lang zu drehen verspricht. Auf dem Land, möglichst in einem Dorf, wo sich noch kein brutzelnder Landsmann niedergelassen hat, will er ein zweites Lokal mit deutschem Biergarten im griechischen Stil aufmachen. Hätte er mehr Kapital flüssig, würde er die neuen Bundesländer mit einer ganzen Kette griechischer Tavernen beglücken. Apostolis ist ein umsatzabhängiger Philosoph.

Ein anhaltend schleppender Geschäftsgang fördert seine Neigung zu philosophischer Nachdenklichkeit. Der Anblick leerer Stühle und unbeschäftigten Personals stürzt ihn in Sinnkrisen und metaphysische Verzweiflung. Wenn Jannis mit über die Schulter geworfenem Küchentuch rauchend hinter dem Tresen herumlungert, im Lokal nur das leise Plätschern des Springbrunnens und wehmütige Bouzouki-Lieder zu hören sind, verwandelt sich mein Apostolis in einen schwer brütenden Wahrheitssucher und einen Heimwehkranken mit feuchten Augen. Manchmal schickt er Niki los, um bei der Konkurrenz einen unauffälligen Blick durch die Fenster zu werfen. Sein Zustand verschlimmert sich, wenn sie von ihrem Spionageauftrag mit der Nachricht zurückkehrt, im „Poseidon“ und im „Hellas“ sei Hochbetrieb.

So ist es gestern gewesen. Ich bin spät bei Apostolis eingekehrt, um einen wenig ergiebigen Arbeitstag mit einem Glas Wein abzurunden. Er saß einsam inmitten seiner arkadischen Kneipenlandschaft aus Plastiksäulen, künstlichen Reben und Götterfiguren aus schnellbindendem Material und machte einen melancholischen Eindruck. Den Ellbogen hatte er auf den Rand seiner illuminierten, von Gummifarn überwucherten Wasserspiele gelehnt. Er war in den Anblick eines kompletten Fischerdorfes im Sonnenlicht vertieft, das ihm ein griechischer Kunstmaler, ein Spezialist für Freskenausschmückung griechischer Lokale in Deutschland, großformatig in einem einzigen, achtstündigen Arbeitsgang auf den Rauhputz gepinselt hatte. Zur Mittagszeit sei er fertig geworden und arbeite jetzt schon im Restaurant eines Landsmannes in Heilbronn. „Gefällt es dir?“, hat Apostolis gefragt, sichtlich beeindruckt von der gelungenen Auftragsarbeit und der Geschwindigkeit ihrer Ausführung. Niki brachte ihm eine Platte mit knusprigen Hähnchenstücken. Dazu Brot, Pepperoni, Oliven und eine Karaffe Naoussa. Ich habe mich bei der Bildbetrachtung am Kopf gekratzt. „Na ja, ich weiß nicht. Ist noch ein bißchen ungewohnt. Muß ich mir genauer anschauen.“ Apostolis hat auf die Stuhlfläche neben sich geschlagen. „Sitz!“ Als er einen Teller und ein Glas für mich kommen ließ, war mir klar, daß die geplante Abrundung des Tages mit einem Gläschen Wein etwas länger dauern würde.

Beim Essen haben wir das neue Wandgemälde im Blickfeld. Ab und zu deutet Apostolis mit einem Hähnchenschenkel zu dem Bild, um mir genüßlich schmatzend die Schönheit Griechenlands und die Meisterschaft des Künstlers näherzubringen. Einmal springt er hoch und ist mit drei Schritten bei der Wand. Mit seinem dicken, vor Behutsamkeit zitternden Zeigefinger weist er auf Stellen hin, die ihm schwierig und besonders geglückt erscheinen, das Glitzern der Sonne auf dem Wasser, die Tönung des Himmels, Licht und Schatten. Das Blau, das Ocker der Hügel, das Zypressengrün und Häuserweiß ist noch nicht trocken. In seinem Eifer tupft Apostolis auf das nasse Meer. Sein Finger zuckt zurück. Der Schaden hält sich in Grenzen, die Ägäis ist relativ unbefleckt. Er setzt sich wieder zu mir und wischt mit einer Serviette das Türkis von der Fingerkuppe. Wir trinken einen so kräftigen Schluck auf seine Heimat, die Wiege der abendländischen Kunst und Kultur, daß Niki wieder einen halben Liter Naoussa bringen muß. „Die Schatten sind gut gemacht", sage ich anerkennend. „Sie sehen kühl aus. Man spürt die Mittagshitze, wenn man diese Schatten betrachtet. Zum Beispiel hier, hinter den roten Bootsrümpfen ..." Ich will ihm die Stellen zeigen. Seine Hand fällt auf meine Schulter und drückt mich auf den Stuhl. „Bleib sitzen. Farbe ist naß." Er studiert das Gemälde mit zusammengekniffenen Augen, wiegt den Kopf und hält sein Weinglas an die Nasenspitze. „Ist nicht Mittag auf dem Bild. Ist Abend, sechs Uhr. Sonne kommt von links, wo untergeht. Schatten ist halb so lang wie Baum hoch. Und es gibt Leute in die Straßen. Mittag in Griechenland alle schlaft wegen Hitze. Nur Tourist geht immer spazieren. Und siehst du Farbe von Licht an Hafenmauer? Wie aus Gold. Ist Sonne von Abend – hier!" Mit einer gelben Fingerspitze kommt er wieder an unseren Tisch.

Er denkt sich fort in ein sonniges Land ohne Ordnungsamt und Wirtschaftskontrolldienst. Wo an einem Tisch mit Freunden einer die Rechnung für alle übernimmt. Wo er den langen Ausdruck der elektronischen Kasse nicht akkurat nach dem Verzehr von Ehepaaren und Einzelpersonen bis auf den letzten Posten aufschlüsseln und ausrechnen muß, damit keiner etwas bezahlt, was er nicht nachweislich zu sich genommen hat. „Haben Freunde zusammen wunderbar gegessen, getrunken, gelachen! Was kommen dann?", ruft er mit verquältem Gesicht. „Dumme Strichle mit Kuli. Steh ich an Tisch und muß rechnen in Kopf wie Idiot. Dann passiert – irgendwas stimmt net. Bleibt eine Ouzo auf Rechnung. Niemand hat getrunken. Wieder Arithmetik. Lokal ist voll. Andere Gäste muß warten." Seine Hände fallen auf den Tisch neben das Glas. „Ich frage dich, mein Freund, ist das Kultur?" Nach einer Pause sagt er, vielleicht um meine patriotischen Gefühle nicht zu verletzen: „Deutschland ist gutes Land. Aber zuviel Materialist. Alle Geld verdienen. Große Haus, schöne Auto. Aber wo bleibt Freude? Herz ist Computer. Immer rechnen. Kopf macht Arbeit von Herz. Du verstehst?"

Ich verstehe. Wir sind beim dritten oder vierten Naoussa. Ich kann ihm stundenlang zuhören, wenn er von seiner Heimat erzählt. Ich lasse mir Düfte von Thymian, Basilikum und gebackenen Zicklein unter die Nase fächeln und von wahrhaftig passierten Wundern berichten, deren Folgen zu besichtigen sind, von Fußabdrücken in Felsen und heiligen Quellen mit Breitbandwirkung gegen alle möglichen Gebrechen. Man müsse nur daran glauben. Einem siebzigjährigen Bruder seines Vaters habe das Eintauchen und ausgiebige Sitzbaden in einem solchen Quellbecken wenigstens kurzfristig die Kraft der Lenden wiedergeschenkt. Er schlägt seinen muskelgespannten rechten Unterarm gegen die Tischkante, um die wundertätige Wirkung des Wassers plastischer zu machen. Dem greisen Onkel sei es gelungen, mit einer fünfunddreißig Jahre jüngeren Witwe, die er in einem Anfall von später Verliebtheit geheiratet habe, ein Kind zu zeugen. Vor der Geburt des neun Pfund schweren Mädchens sei der jäh erstarkte Senior einem Herzversagen im Bett erlegen und habe damit die Prophezeiung der Familie erfüllt, er würde den Aufregungen und körperlichen Strapazen der ungleichen Verbindung auf Dauer nicht gewachsen sein. Aber nie habe er, Apostolis, ein so selig aus dem Jenseits lächelndes Leichengesicht wie das des Onkels gesehen. „Wie eingeschlafen mit in Honig getunkene ... wie sagt man? ... Brustwarze von Frau zwischen die Lippen", flüstert er geheimnisvoll über den Tisch. Seine kleine Kusine Venera sei jedenfalls der lebende Beweis, daß das Wunder der Quelle mindestens einmal funktioniert haben müsse. Im nächsten Jahr will er das Mädchen als Küchenhilfe ins Lokal holen.

Über Politik kann man mit Apostolis nicht reden. Auch nicht über Ausländerpolitik. Weil es für ihn keine Konflikte, sondern nur unabwendbare Katastrophen, göttliche Heimsuchungen und am Ende die Apokalypse gibt, mit der er keine Probleme hat. Sie ist nicht zu verhindern, betrifft ausnahmslos alle, und keiner kennt ihr Datum. Deshalb muß man sich nicht um sie kümmern. Sein Taktieren beschränkt sich auf die Geschäfte und den Kampf mit der Bürokratie. Türken mag er nicht besonders, weil er Grieche ist. Aber ein gut zahlender türkischer Gast wäre ihm lieber als ein griechischer Schnorrer, den er aus landsmännischer Verbundenheit gratis bewirten müßte. Der Fall wird nie eintreten, denn natürlich verirrt sich kein Türke in eine griechische Taverne. Die einzigen Ausländer, die bei Apostolis verkehren, sind Deutsche. Ab und zu finden sich auch Franzosen aus der Partnerstadt, die der deutschen Küche mißtrauen, oder holländische Touristen auf Durchreise in den Schwarzwald unter seinen ausländischen Gästen. Dann wird Apostolis zum Weltbürger, der den unschlagbaren Satz

„Mensch ist Mensch" akzentfrei in allen gängigen Sprachen sagen kann.

Zur Polizeistunde saßen wir beim fünften Glas Wein und waren in tiefschürfende Gespräche über den Sinn des Lebens versunken. Apostolis gab Anweisung, das Neontransparent und die Beleuchtung des Speisezettelkastens auszuschalten, die Kasse zu machen. Es wäre der günstigste Augenblick gewesen, zu verschwinden, die letzte Chance, einigermaßen zeitig ins Bett zu kommen. Ich habe sie verpaßt, weil ich „Who Pays The Ferryman?" von Makropoulos zu Ende hören wollte. Apostolis starrte in das grünleuchtende Wasser seines Brünnleins und sah aus wie ein Kapitän, der sein Schiff auf eine Sandbank gesetzt hatte. Ich fühlte mich seltsam mit ihm verbunden. Auch deshalb bin ich geblieben.

Niki packte ihre Zigaretten in die Handtasche. Die Computerkasse piepste und tickerte nur kurz. Der Streifen, der sich manchmal am Boden staute und aufhäufte, hielt an der mittleren Schublade des Schränkchens, und das Geräusch riß ab. Ein magerer Tagesumsatz. Jannis hatte seine Kochskluft an einen Haken gehängt. Die Zigarette im Mund, schlenderte er durchs Lokal, summte die Makropoulos-Melodie mit und knöpfte sich das Feierabendhemd zu. Elena, deren mütterliche Schönheit manchen alleinstehenden Mann zum Stammgast verwandelte, rieb sich die vom Herumstehen geschwollenen Füße, die in zierliche Pumps gezwängt werden mußten.

Das Ozonloch, predigte Apostolis, sei eine Folge des göttlichen Zorns über den Umgang der Menschen mit der Natur. Er stellte den Weltuntergang ungefähr für das Jahr 2050 in Aussicht, genau könne man das nicht voraussagen. Seine Behauptung, Michael Jackson sei die moderne Inkarnation des Satans, der Vorbote der letzten Tage, verblüffte mich. Als ich merkte, daß er es bitter ernst meinte, hörte ich auf zu lachen. Er holte eine CD des Sängers, die er kürzlich gekauft hatte. Auf dem verschnörkelten, mit Symbolen überladenen Cover war in winzigen Medaillons die Heilige Dreifaltigkeit zu erkennen. Gottvater war als Wolf oder Schakal dargestellt. Der Heilige Geist im oberen Winkel des Dreiecks war eindeutig ein Pavian. Apostolis hatte die gotteslästerlichen Details erst nach dem Kauf entdeckt. Seine Hände zitterten, als er mir die CD dicht vor die Nase hielt. „So Bild ist von Teufel gemacht! Für eine kaputt Menschenheit!", schrie er fast. „Das ist große Schweinerei!" Ich hielt vorsichtshalber den Mund. So aufgeregt hatte ich ihn bisher nur einmal erlebt, als ihn drei Beamte des Ordnungsamtes ausgerechnet während des Mittagessens aufgesucht hatten, um die bewirtschaftete Fläche vor seinem Lokal auf den Quadratzentimeter genau auszumessen. Er hatte sich geweigert, seine Mahlzeit zu unterbrechen. „Sehen Sie nicht, daß ich esse?", hatte er vorwurfsvoll gefragt und die Beamten gebeten, später wiederzukommen. Die hatten die Terminverschiebung mit dem Hinweis auf ihre Dienstzeiten abgelehnt. Ich hatte meinen sommerlichen Mittagsretsina ausgetrunken und ging. Den weiteren Verlauf der Auseinandersetzung hatte mir Jannis tags darauf erzählt. Der Chef habe Messer und Gabel auf den Tisch geworfen und sei aufgesprungen. „Was machen die Hund, wenn jemand bei Essen stört, nach die Fressenteller greift? – Hä? Was machen? – Beißt! Harrr!", habe er geschrieen und sei mit gefletschten Zähnen und griffbereiten Armen auf die Männer zugegangen, die offensichtlich verstört den geordneten Rückzug angetreten hätten. Mit Mühe habe er, Jannis, den Chef von der Dummheit abhalten können, einem der amtlich bestallten Vermesser in die Schulter zu beißen. Warum der Vorfall für Apostolis folgenlos blieb, ist mir ein Rätsel. Sogar die dritte Tischreihe, deren Aufstellung ihm kraft amtlicher Verfügung untersagt werden sollte, ist den Sommer über stehengeblieben. Aus irgendeinem Grunde war er Sieger geblieben.

Er steckte die bösartige Ikone der amerikanischen Unterhaltungsindustrie samt Kassenzettel in die Plastiktüte des Geschäfts, wo er sie arglos gekauft hatte, und warf das Päckchen wie ein Beweisstück in eine Schublade hinter dem Tresen. Als er zurückkam, wirkte er ruhig. Er lehnte sich in den Stuhl zurück und ließ die Finger der linken Hand in der dünnen Fontäne des Brunnens zappeln. Er blies den Rauch seiner Zigarette durch die Nasenlöcher und sehnte sich nach der Weltferne und der Weisheit der Mönche auf dem Berge Athos. Keine drei Tage würden es die frommen Männer mit ihm aushalten und umgekehrt. Nach einer Bauzeit von einem Jahr hätte ihnen der quirlige Kerl den Felskegel mit magisch ausgeleuchteten Restaurantgrotten für Touristen ausgehöhlt. Samt Aufzugsröhre für gebrechliche Amerikaner. Entweder würden ihn die Mönche in einem Anfall von fanatischem Ruhebedürfnis von der Kuppe stürzen, oder sie müßten den Verlust ihrer Abgeschiedenheit in Kauf nehmen. Apostolis weiß das, wenn er nüchtern nachdenkt.

Plötzlich stemmt er sich vom Tisch hoch und verschwindet hinter der Theke. Die Bouzouki und eine klagende Stimme werden ohrenbetäubend laut. Er taucht mit rhythmisch wiegenden Hüften wieder auf. Seine Arme wehen über dem Kopf hin und her. Zwischen die Finger der linken Hand hat er bauchige Gläser geklemmt. So tanzt er an seinen künstlichen Palmen vorbei. Das weiße Hemd hängt ihm über den Gürtel. In einem Schwung dreht er die Gläser zum Einschenken, knallt eine halbvolle Flasche vom Siebensternigen auf den Tisch. Mit weit ausgebreiteten

Armen und geschlossenen Augen lächelt er zur Decke, schnippt mit den Fingern zur schneller werdenden Musik, dreht sich in die Hocke. Seine Hand fegt über den Boden. Im Schlag der Bouzouki strafft er sich wieder hoch und streckt sich von der Erde weg, steht da wie ein stämmiger, kleiner Alexis Sorbas, dem ein Hemdknopf über dem Bauch weggeplatzt ist, wie ein Mann, der das Gesicht unter einen Mannaregen hält. Schluß mit der Traurigkeit! Wir stehen alle in der Warteschlange zum Reich der Schatten. Aber noch brennt die Sonne auf unsere Schultern, schmeckt der Wein auf der Zunge, noch bringt uns das Fleisch der Frauen um den Verstand. Unsere Gläser stoßen so hart zusammen, daß Apostolis nur noch den Stil zwischen den Fingern hält. Egal. Es gibt noch viele Gläser. Jamas! Auf die Liebe und das Leben. Auf die Freundschaft, die Solidarität unter den Menschen, auf den Augenblick, in dem wir lachen und tanzen, weil wir auf der Welt sind. Elena schüttelt ihre Pumps von den Füßen, Jannis drückt seine Zigarette aus. Schade, daß Niki schon gegangen ist.

Von Osten rast der Albtäler durch die Gassen der modellsanierten, verwinkelten Altstadt. Er zerfetzt die Wolkendecke und pustet einen himmelblauen Märzhimmel frei. Unterwegs läßt er ein paar Damen- und Herrenhüte über Pfützen segeln, schlägt Schirme zu sperrigen Stecken aus Draht und Stoff, kippt das lachende Reklame-Pappschwein um, das die Metzgersfrau eben aufgestellt hat, um ihren ofenwarmen Leberkäse und schlachtfrisches Hirn anzupreisen. Der Albtäler tobt sich aus, nimmt mit, was nicht niet- und nagelfest ist, faßt unter Röcke und fährt zehnfingrig von hinten durch Frisuren, bevor er das Röhrensystem zwischen den Häusern verläßt, in der Ebene verpufft und als harmloser Wind die elsässer Felder streichelt. Ich habe Schmerzen an der linken Schulter. Mich friert um den Hals. Beim Tanzen bin ich gestern zwischen die Stühle gefallen. Mein Schal hängt bei Apostolis um den Nacken einer plattnasigen Gipsbüste. Heute abend werde ich ihn holen. Vielleicht ein Glas Naoussa trinken. Eine Kleinigkeit essen.

Unter den Arkaden, an windgeschützter Stelle, führt Großvater Hü San vom benachbarten Chinarestaurant sein Hündchen spazieren. Der kleine, krummbeinige Seniorchef des „Chinatown" trägt einen altmodischen schwarzen Anzug mit Hut und Mantel, dazu ein perlmuttschillerndes Seidentuch. Er ist ein vornehmer alter Herr aus einer fremden Welt. Sein Morgengruß besteht in der Andeutung einer lächelnden Verbeugung, wobei er den Kopf ein wenig schräg legt und die Arme an den Körper klappt. Manchmal, wenn er unerwartet vor mir steht, plötzlich hinter einem Pfeiler hervortritt, grüße ich in der ersten Überraschung ähnlich zurück. Hinterher ärgert es mich, daß es dem alten Mann wieder gelungen ist, meine morgendliche Zerstreutheit auszunützen.

Ich habe ihn rechtzeitig gesehen, um europäisch flüchtig zu grüßen und einen kleinen Bogen zu machen. Vor dem Hündchen, einem Winzling mit Ringelschwanz und Fledermausohren, muß man sich in acht nehmen. Wenn man ihm zu nahe kommt, schielt es knurrend nach oben. Beim geringsten Überschreiten seines Hoheitsgebietes zwickt es blitzschnell zu, vorzugsweise in die Fersengegend, und Herr Hü Sans Miniaturgesicht überzieht sich mit unzähligen Falten des Bedauerns. Er deutet auf das schnell neben seine Lackschuhe gezogene Fellbündel und versichert: „Oh, nix böse, nix böse, viel Angst, immer Angst." Seine Stimme klingt wie das dünne, aufgeregte Plappern chinesischer Köche in amerikanischen Westernserien. Um sie noch einmal zu hören, könnte ich mich wieder von seinem

Giftzwerg anfallen und mir die Socken zerreißen lassen. Die stummen Gesten der Höflichkeit, die zuverlässig Distanz halten, sind mir lieber. Besonders an diesem Morgen nach einer so herzwarmen griechischen Nacht.

Gegen den Wind geduckt, biegt Salvatore Sanzillo aus der Dekaneigasse. Er ist unterwegs zur Fabrik, wo er seit fünfundzwanzig Jahren Präzisionsnähte an Druckleitungen schweißt. Aus seinem Leinenbeutel ragt die Thermoskanne mit Kaffee, eine Zeitung aus rosa Knitterpapier steckt in seiner Jackentasche. Noch fünf Jahre muß er die Arbeit des Schweißroboters überwachen, bevor er in Rente geht.

Daheim im Mezzogiorno hat er für die sonnigen alten Tage nach Deutschland ein Haus für die ganze Familie gebaut, einen Palazzo Sanzillo mit elf Zimmern, drei Bädern und einer Terrasse mit Panoramablick über das Meer. Wozu hätte er sonst als junger Bursche seinen Emigrantenkoffer auf den Blechspind einer Mannheimer Baracke gehievt? Dreißig Jahre ist das her.

Doppelstöckige Eisenbetten sieht er vor sich, dazwischen einen mit Fressalien, Zeitungen und Weinkanistern vollgestellten Tisch. An einem Nagel neben der Tür hängt eine Marienfigur aus Messing, die einer von zuhause mitgebracht hat. Die Weihwasserschale am Sockel ist grünspanig und kalkverkrustet. Auf einem niedrigen Schränkchen steht der Zweiplattenkocher, daneben klebt das Transistorradio auf dem Wachstuch. Hinter seinem Bett hat Salvatore die Wand mit Magazinbildern von fast nackten Mädchen tapeziert, die er öfter austauscht. Seine Sofia hat einen Sonderplatz über dem Kopfkissen und hängt nicht an Reißnägeln, sondern in einem Rahmen mit Goldauflage. In ihrem einteiligen Badeanzug steht sie bis zu den Knien in der Brandung und lächelt glücklich in die Kamera. Das war auf einem Ausflug kurz nach ihrer Verlobung, bevor er sich entschlossen hat, für die gemeinsame Zukunft ein paar Jahre lang in Deutschland Geld zu verdienen. Hinter das Bild steckt er Sofias jeweils letzten Brief. Nachts taucht die Bogenlampe über der Werkszufahrt die Bretterbude in ein bleiches Licht, und die Männer in ihren Betten sehen wie stoppelbärtige Tote aus. Diese Nächte sind schlimm gewesen. Die Gedanken sind oft lange nicht zur Ruhe gekommen. Das Heimweh treibt Tränen in die Augen. Die Sehnsucht nach zärtlicher Berührung, das robuste Verlangen nach einer Frau zerstückelt den Atem und bohrt im Magen. Erst wenn einer schnarcht, kann man sicher sein, daß er wirklich schläft.

Ein paar Mal hat Salvatore Frauen in die Baracke mitgebracht, und die Gerüche von Essen, Schweiß und Asphaltrauch haben sich mit süßlichem Maiglöckchenparfüm oder Lavendel vermischt. Es waren meist reifere Damen, doppelt so alt wie er damals. In einem Lokal, das „Zillertal" hieß, hatte er sie beim Tanzen kennengelernt. In solchen Fällen haben die Zimmergenossen ihre Zigaretten eingesteckt und sind Richtung Stadt geschlendert. Sie haben nie lange wegbleiben müssen. Die Liebe hatte sich schnell erledigt. Danach die wortlose Suche nach abgefallenen Ohrklipsen, der Wunsch, wieder allein zu sein. Während sich die Frauen in seinem Rasierspiegel über dem Wasserhahn zum Fortgehen geschminkt haben, lag Savatore rauchend auf der Matratze und dachte an seine Sofia. Nach den Frauenbesuchen hat er sich leer und mutlos gefühlt.

Einmal hat er einer Dame aus dem „Zillertal" in der Hitze des ersten Zupackens die Halskette zerrissen. Die Perlen sind auf das Linoleum geprasselt und weggerollt. Die Frau hat sich im Schlüpfer auf den Boden gesetzt und geweint, beide Hände vors Gesicht geschlagen. Die Signora hatte ein Glas zuviel getrunken. Er hat sie mit seinen italienischen

Worten trösten wollen, hat ihre harte Haarsprayfrisur gestreichelt, aber sie hat nach ihm geschlagen. Sie hat ihm leid getan. Wie er das Licht anknipst, um nach den Perlen zu suchen, ist sie mit einem Sprung im Bett, dreht das Gesicht zur Wand und zieht sich die Decke hoch bis zum Hals. Vielleicht hat sie die plötzliche Helligkeit der 60-Watt-Birne erschreckt, die am Kabel schirmlos über dem Tisch hing. Salvatore ist unter die Betten gekrochen. Er hat alle Perlen wiedergefunden und in einem Briefumschlag gesammelt, den er schon an Sofia adressiert hatte. Er hat der Frau das Perlenkuvert unter der Bettdecke in die Hand geschoben und das Licht wieder ausgemacht. Am Barackenfenster hat er eine Zigarette geraucht. Der Atem der Frau in seinem Bett ist ruhig und gleichmäßig geworden. Er hat seine Zigarette in die Spur einer Planierraupe geschnippt und sich neben die Frau gelegt. Im Schlaf hat sie sich an ihn geschmiegt, hat ihren Kopf in seine Achselhöhle geschoben und ihm auf die Rippen geschnauft. Ihr Schenkel hat sich über ihn gelegt. Um Mitternacht sind die Kollegen aus der Stadt gekommen. Sie haben lärmend das Licht eingeschaltet, sind dann leise wieder rausgegangen und haben Luigi aus dem Trentino vorgeschickt, um die beiden zu wecken, weil der deutsch sprechen konnte. Es war die Nacht von Sonntag auf Montag. Arbeitsbeginn sieben Uhr. Die Frau mußte weg. Da verstand Heinz, der Polier, keinen Spaß. „Nix triko-trako in Baracko!", würde er brüllen und mit Entlassung drohen. Salvatore kann sich erinnern, die Frau, die Marion hieß, bis zu einem Taxistand begleitet zu haben. Ohne zu sprechen, Hand in Hand. Er wollte ihr zwanzig Mark für die Reparatur der Halskette zustecken. Mit dem Finger hat er seinen Hals umfahren und die Fäuste vor dem Gesicht auseinandergezogen, um sich verständlich zu machen. Zuerst hat sie den Schein nicht nehmen wollen, dann hat sie ihn fürs Taxi in ihre Handtasche gesteckt. Beim Losfahren hat sie ihm durchs Seitenfenster einen Kuß zugeworfen, als hätten sie miteinander geschlafen. Salvatore ist durch menschenleere Straßen gegangen, vorbei an Fabrikzäunen mit Reklametransparenten, an Materialhöfen mit rostigen Eisenstangen und Kabelrollen. Durch die rußigen Scheiben von Backsteinhallen flackerte Licht, dröhnte der Maschinenlärm der Frühschichten. Es war eine Vollmondnacht. Im Flur seiner Baracke sah er auf den Dielen etwas glänzen, trat drauf und nahm gleichzeitig das Gewicht vom Fuß. Eine der Perlen war durch den zentimeterbreiten Türspalt gerollt. Er hat sie in seinen Geldbeutel gesteckt. Verliebt hatte er sich nicht, aber er hätte die Frau gerne wieder getroffen. Als Heinz am Morgen mit seinem „Avanti Spaghetti!" in die Bude geplatzt ist, hatte Salvatore das Gefühl, ihm in die Fresse hauen zu müssen.

Vier Jahre lang lag Salvatores Pappkoffer auf dem Schrank in der Baracke. Damals dürfte ich um die fünfzehn Jahre alt gewesen sein. Ich erinnere mich an die Gastarbeiter, an schöne, braungebrannte, schwarzgelockte Männer mit Teerkübeln im Straßenbau, mit zitternden Muskeln über Preßlufthämmern. Blöde Schlager von immer kleinen und verliebten Italienern klingen mir im Ohr. Und ein Auszählvers, den die Kinder in unserem Viertel beim Versteckspielen heruntergeleiert haben:

Italiano
böser Manno
fressen viele Brot
Messer nehmen
Ranzen stechen
Italiano tot

Der Anblick des Koffers auf dem Schrank ist für Salvatore wichtig gewesen. Er war ihm Zeichen seines provisorischen Aufenthalts im Regenwetterland der Hochkonjunktur. Er hat gut verdient, hätte jeden Tag abreisen können, deshalb ist er geblieben. Immer noch ein letztes Jahr. Seine zu Geld geronnene Lebenszeit hat er heimgeschickt, seiner Familie, den Eltern, Sofia. Das vorübergehende Leben hat sich in die Länge gezogen, bis Salvatore feststellen mußte, daß er sich versehentlich eingelebt hatte, daß ihm, ohne nachzudenken, immer mehr deutsche Sätze entschlüpften und ihm die Lebensart der Leute im Regenwetterland zunehmend normal vorkam.

Als Schweißer bei der Argussa hatte er Lehrgänge und Prüfungen hinter sich gebracht, als er in seiner sizilianischen Kleinstadt, vermutlich unter Anteilnahme der halben Bevölkerung, seine Sofia geheiratet und nach Deutschland mitgenommen hat. Damit alles seine Ordnung hatte und auch die Nächte zum Leben gehörten. Ohne Frau und Familie ging ein Mann in der Welt verloren.

In einem altersschiefen Fachwerkhäuschen in der Dekaneigasse haben die Sanzillos eine Dreizimmerwohnung bezogen, wo sie bis heute geblieben sind. Sie haben in den verschachtelten Stuben ihre Kinder gezeugt und großgezogen, haben dort gelacht, geweint, gestritten, sich wieder versöhnt, haben die Sehnsucht nach ihrer Heimat geteilt, das Heimweh, das mit den Jahren immer seltener und kraftloser in ihnen hochgestiegen ist, aber jetzt, auf die alten Tage, wieder zunimmt. Sie haben Feste gefeiert, Freunde bewirtet, zu denen auch deutsche Arbeitskollegen und gelegentlich ich gehörten.

Eine schleichende Teilgermanisierung war nicht zu vermeiden. Frau Sanzillo hat die Kehrwoche als Ritual begriffen, das mit dem Beseitigen von Schmutz nicht unbedingt etwas zu tun hat. Sie hat sich an das vorbeugende Fegen gewöhnt. In der schmalen Gasse mit den niedrigen, spitzgiebeligen Häuschen könnten sich italienische, spanische und türkische Familien gegenseitig in die Küchen schauen, wenn sie wollten. An Sommerabenden, wenn die Luft bleiern zwischen den Mauern steht, wenn die Fenster weit aufgerissen sind und alle auf den erlösenden Albtäler warten, der die Schwüle aus den Zimmern scheuchen und verquirlen soll, vermischen sich über dem Kopfsteinpflaster in der Gassenmitte alle möglichen Essensgerüche und Gewürzdüfte mit südländischen Sprachfetzen und orientalischen Schlagern zu einem sinnenbetörenden Chaos vieler Kulturen. Man lebt friedlich und ein bißchen gleichgültig nebeneinander her. Aber eines haben alle Anwohner gemeinsam. Sie fegen zur üblichen Zeit ihr Stück Straße. Das ist eine sehr integrationserleichternde Verrichtung hierzulande. Mag sein, daß die wenigen deutschen Familien, die in teuer umgebauten Maisonette-Eigenheimen auf alten Fundamenten zwischen den bröckelnden Altbauten residieren und die Messingbeschläge ihrer Eingangstüren behauchen und blank wienern, die ganze Gasse angesteckt haben.

Bei aller Überfremdung biete das Gäßchen immer noch einen erstaunlich sauberen und ordentlichen Anblick, so daß er sich als Deutscher dort wohl fühle, mit gewissen Einschränkungen natürlich, hat mir ein Anwohner kürzlich gesagt. Nur der Blumenschmuck vor den Häusern, an sich eine schöne Sache, sei ihm ein Ärgernis. Da habe er extra geschmackvolle Blumenkübel gekauft, Übertöpfe aus italienischem Terrakotta, damit das Ganze nach etwas aussehe. Und die Italiener gegenüber, besonders aber die Türken zwei Häuser weiter, pflanzten ihre Blumen und Sträucher anscheinend in alles, was ihnen gerade in die Finger komme, in Farbeimer, Gurkenbüchsen oder aufgesägte Olivenölkanister, das sei denen sowas von wurscht, diesen ... diesen ... Er hat den passenden Ausdruck nicht gefunden und abgewinkt. Der Herr, ein pensionierter Schuldirektor, wollte mir diese Barbarei, wie er es nannte, vor Ort zeigen und mir seine liberale Einstellung zu den ausländischen Mitbürgern näher erläutern. Ich habe ihm gesagt, ich hätte leider Dringendes zu erledigen und bin im „Pulcinella" um die Ecke einen doppelten Espresso trinken gegangen. Nach zwei Minuten ist der Rektor dort aufgetaucht. Man entkommt sich nicht in dieser Spielzeugstadt. Nur in der Wohnung ist man vor den anderen sicher.

Seit zehn Jahren hat Salvatore einen Schrebergarten gepachtet, in dem neben den ortsüblichen Gewächsen auch Pepperoni, Paprika, Knoblauch, Kürbisse, Zucchini und sogar Kiwifrüchte gedeihen. Nach acht Stunden Arbeit in der elektronischen Maschinenwelt der Fabrik freut er sich auf das ruhige Handwerken und Ackern unter dem freien Himmel. Mit dem heimtückischen und schrittweisen Ausbau seiner Gartenhütte zum Wochenendhaus hat er die deutschen Bauvorschriften kaltblütig übertreten, was kein einheimischer Kleingärtner gewagt hätte. Jahrelang war alles gut gegangen. Die Sanzillos haben in der geräumigen Laube mit Propangas ihre Pasta gekocht, sind mit ihren Freunden bei verregneten Gartenfesten ins Innere geflüchtet. Ein paar Mal haben sie in der Hütte übernachtet. Im letzten Herbst hat Salvatore den nicht genehmigten Teil wieder abreißen müssen. Jemand mußte ihn bei der Behörde angezeigt haben. Auf der Fundamentplatte aus Beton, die nach dem Abriß wie eine kleine Tanzfläche freilag, war ihm eines abends, als er von der Fabrik kam, von weitem ein greller Fleck ins Auge gefallen. Dann stand er vor einem mit gelber Leuchtfarbe gesprayten Hakenkreuz. Er hat sich ein Feierabendbier aufgestemmt, hat in einer Wanne Mörtel umgeschaufelt und über dem Hakenkreuz seinen geplanten Gartengrill hochgemauert. Am nächsten Tag hat er einen Holztisch und Bänke dort aufgestellt und an den Rändern der vormals überdachten Fläche Drahtgitter einbetoniert, an denen Glyzinien und Wilder Wein zu einem Blätterdach verwachsen sollen. Ein schöner Platz für die verbleibenden Jahre in Deutschland. Der Abschied wird ihm nicht leicht fallen. Mit den Jahren ist der Traum von Heimkehr verblaßt, und in die Freude hat sich Bitterkeit gemischt. Mit dem gesparten Geld wird Fausto, der zur Zeit für die Meisterprüfung im Kfz-Handwerk lernt, keine Autowerkstatt in Catania aufmachen. Und Loretta keinen Frisörsalon. Die Kinder sind im Regenwetterland auf die Welt gekommen und aufgewachsen. Sie haben in diesem Boden zu kräftige Wurzeln getrieben, um sich verpflanzen zu lassen. Der Palazzo am Meer wird viele leere Zimmer haben, war nach Wunschtraumplänen angelegt. In Sizilien wird Salvatore ein Tedesco sein, einer, der fortgegangen ist, um in Deutschland viel Geld zu verdienen und mit zweierlei Heimweh bezahlt.

In Faustos zitronengelbem BMW hängt ein geweihtes Figürchen der Jungfraumariamuttergottes zwischen Wimpelgirlanden der Bundesligavereine. Bei einer sonntäglichen Spazierfahrt hat ihm Kerstin mit ihrer Nagelschere das Porzellanpüppchen, das sie kitschig findet, abschneiden wollen. Dabei hat sie bei dem sanften Verlobten einen sizilianischen Vulkanausbruch erlebt. Sie hätten ums Haar die Leitplanke auf der Schnellstraße nach Hagenbach gestreift. Seither rührt sie das gebenedeite Weibsbild, das am Rückspiegel ärgerlich vor der Landschaft baumelt, nicht mehr an. Diesen Sommer wollen die beiden heiraten. Die künftige Verwandtschaft der Sanzillos wird also Kreutzlach heißen. Fausto sagt das Wort wie ein Deutscher. Er ist in dem Zischen und Röcheln dieser Sprache groß geworden. Salvatore würgt den Namen immer wie eine Fischgräte aus dem Hals. Wenn er guter Laune ist, bringt er mit seiner Parodie die Familie samt Fausto zum Lachen, indem er seine Schwierigkeiten mit der Aussprache übertreibt und das Wort unter Schmerzgrimassen dreimal im Mund explodieren läßt – „kr-tz-lch". Die Sanzillos haben Kerstin liebgewonnen. Seit der Verlobung gehört sie zur Familie. Nach den gemeinsamen Sonntagmittagessen bleibt sie nicht sitzen und raucht, sondern hilft in der Küche, läßt ihren Fausto in Ruhe verdauen und Männergespräche mit dem Vater führen. Sie erkundigt sich nach den Geheimnissen der sizilianischen Küche, was Sofia freut. Und Salvatore mag es besonders, wenn sie ihre langen blonden Haare aus der Stirn streicht, um ihm einen schwiegertöchterlichen Abschiedskuß zu geben, bevor sie sich bei dem Verlobten zum Ausgehen unterhakt. Wenn die Kreutzlachs Sizilianer wären oder wenigstens aus der Gegend südlich von Rom stammten, gäbe es für die Sanzillos überhaupt kein Problem. Die Kreutzlachs sehen das ähnlich, nur eben umgekehrt. Als ausländischen Schwiegersohn hätten sie lieber einen Österreicher oder einen deutschsprachigen Schweizer gehabt. Inzwischen haben sich beide Familien mit der Verbindung abgefunden. Wo die Liebe hinfällt, werden sie sich schulterzuckend gesagt haben. Roswitha und Edgar – im Verlauf der deutsch-italienischen Familientreffen ist man bei zaghaft zunehmender Herzlichkeit zum Du übergegangen – haben dem jungen Paar zur Hochzeit einen Bauplatz versprochen. In einem Neubaugebiet ganz in der Nähe. Kerstin sei schließlich ihr einziges Kind. Als sie die großzügige Geschenkabsicht bei Edgars Geburtstagsfeier feierlich verkündet haben, hat Sofia unter der Tischkante nach Salvatores Hand gegriffen. Später, zuhause, hat sie geweint. Was wird aus den Kinderzimmern im Palazzo? In den Ferien werden sie alle kommen. Zu den sizilianischen Großeltern in das schöne, viel zu große Haus am Meer.

Loretta ist siebzehn und lernt Friseuse. Die mütterlichen Tränen und Wehklagen, sie bringe die Eltern noch ins Grab, die temperamentvollen Entladungen väterlichen Zorns, selbst Ohrfeigen haben gegen die Mauleselin von Tochter nichts ausrichten können. Mit trotzigem Blick auf ihre luftgepolsterten Turnschlappen hat sie alle nächtlichen Gewitter überstanden. Sie kommt zu spät von den Diskotheken heim, läßt sich im Park robust beschmusen, nicht immer vom selben Jungen, wie wachsame Landsleute aus der Nachbarschaft den Sanzillos hinterbracht haben. Am Rand des Fußgängerbezirks steigt sie aus Autos, in denen die Lautsprecher dröhnen, oder hüpft von hochbockigen Geländewagen. Sofia macht sich Sorgen. Ihre Loretta wird doch wissen, wie weit sie mit den Jungen gehen kann. Ihre Unschuld, von der man immerhin noch überzeugt ist, wird ihr hoffentlich nicht beim Falschen lästig werden. Dafür erfleht Mutter Sanzillo den Beistand aller zuständigen Heiligen aus dem Mezzogiorno. Salvatore hat resigniert. Seine Ragazza ist kein sizilianisches Mädchen geblieben. Immer öfter zieht er nach schlaffen Diskussionen den Kopf zwischen die Schultern und wirft mit einem überdrüssigen „Eh!“ auf beiden Handflächen seine patriarchalische Ohnmacht himmelwärts zur Stubendecke. Loretta findet Sizilien „geil“. Jedenfalls als Heimat ihrer Eltern und im Urlaub.

Ich habe Salvatore in der Fabrik kennengelernt, wo ich im Rahmen der innerbetrieblichen Fortbildung einmal in der Woche so eine Art Allzweckenglisch unterrichtet habe. Müde von der Arbeit, aber meist gut aufgelegt, saß er mit sechs anderen, gegen den Schlaf kämpfenden Kollegen in dem resopalmöblierten Schulungsraum und schlürfte seinen doppelten Espresso aus dem Plastikbecher des Kaffeeautomaten. Manchmal brachte er mir einen mit, den er mit einem melodiösen „Here you are. No milk, but many sugar" unter dem Gelächter der anderen mit einem geölten Kellnerschwung, den Tafellappen als Serviette über den Arm gehängt, auf meinen Tisch stellte. Ich habe es nie über mich gebracht, ihn wegen grammatischer Fehler zu unterbrechen. Keiner konnte so wundervoll „Holda the lina, please" oder „Where isa my ambrälla?" singen. Inzwischen hat die Argussa, ein Zulieferbetrieb der Automobil- und Rüstungsindustrie, auf Kurzarbeit umgestellt. Die Fortbildung ist gestrichen, ich bin meinen Job los. An zwei Tagen in der Woche kann Salvatore in Ruhe seine Morgenzeitung lesen und um zehn in seinen Garten fahren. Heute nicht.

Er bleibt kurz stehen und winkt, als er mich sieht. „Good morning, Mister Teacher. Come sta? Wie geht's? How ara you?", ruft er über die Gasse, und ich antworte scheinbar munter, in Wirklichkeit aus Gedanken aufgeschreckt: „Thanks, I'm fine, Mister Sanzillo. Buon giorno, have a nice day!" Das Kauderwelsch haben wir uns seit dem Kurs spaßeshalber angewöhnt.

Die Morgenluft zieht mir wie Reizgas in die Lunge. Zuviel geraucht bei Apostolis. Und viel zuviel getrunken. Ich huste mir die Augen naß, habe ein Gefühl, als hinge mein Hirn an vier schmerzempfindlichen Fäden lose unter der Schädeldecke. In der Wärmevitrine der Metzgerei Weinstumpf trieft schon das Fett von gegrillten Haxen, kriecht der Dunst von warmem Fleischkäse an der Scheibe hoch. Deftiges Handwerkervesper. Mir stülpt sich der Magen um. Wegschauen, den Mund zusammenkneifen, tief durch die Nase atmen. Das hilft. Aus dem Schaufenster der Yaska-Parfümerie trifft mich der eisige Blick eines Supermanns mit nacktem, braungebranntem Herkulesrumpf und offener Gürtelschnalle. Er läßt sich von einer exotischen Schönen hinterrücks umfangen und ungerührt am Ohrläppchen lutschen. Der hat den richtigen Duft. Mit einem flüchtigen Seitenblick begegne ich meinem Halbprofil auf einem verspiegelten Eckpfeiler. Eine verzögerte Sekunde lang. Das genügt. Deprimierend. Ein käsiger, unausgeschlafener Kerl mit geröteten Augen, dem man ansieht, daß er noch unsicher auf den Beinen steht, benommen unterwegs ist, um sich mit einer Zeitung und Zigaretten auf dem schnellsten Weg wieder in seiner Höhle zu verkriechen. Ich werde noch eine Stunde Schlaf nachschieben müssen, sonst kann ich den Tag vergessen. Der Albtäler sprüht mir einen Rest feinen Regen ins Gesicht. Nichts dagegen. Ich verreibe das Wasser mit beiden Händen.

Die automatischen Schiebetüren der Bäckerei rumpeln zur Seite, um das enorme Hinterteil von Encarna Diaz durchzulassen, das sich über kleine, flinke Rückwärtsschritte auf die Straße schiebt, genau vor meinen Bauch. Ich kann den Zusammenstoß nur knapp vermeiden. Mit dem Schrubber zieht sie eine letzte feuchte Bahn über die Platten, umwischt mit einem Schlenker die zementstaubigen Schuhe eines Bauarbeiters, der am Ende der Kundenschlange um frische Brötchen ansteht. Fertig. Sie klatscht den Lappen aufs Pflaster, packt den Eimer und schüttet den Inhalt aus einer schwungvollen Drehung zum Gully in der Straßenmitte. Das lauwarme Putzwasser schwappt mir bis zu den Knöcheln über die Schuhe. Meine Füße sind sofort naß. Im Augenblick des Schüttens haben wir uns noch erschreckt in die Augen geblickt. Es ist zu spät gewesen. Die nasse Ladung war schon in der Luft. Encarna Diaz ist die schnellste spanische Putzfrau der Stadt. Sie läßt den Eimer fallen, streichelt mir die Oberarme und zupft kopfschüttelnd und untröstlich an meinen Hosenaufschlägen herum, während sie sich mit einem deutsch-spanischen Wortschwall entschuldigt. Ich verstehe immer nur „Perdon ... muy nerviosa ... Scheiße ... viele Arbeit ... immer schnellschnell ... nix gucken ... lo siento mucho ... tut mir viele leid."

Familie Diaz kommt aus der Provinz Cáceres in Westspanien. Vor Jahren bin ich auf dem Weg nach Portugal dort durchgefahren, und ich erinnere mich an Hitze, Staub und Durst, an Felsen und Dörfer, die wie von der Sonnenglut festgebacken auf Hügeln lagen. Dort hat Enrico Diaz „en el campo" gearbeitet, auf den Feldern, bevor er mit seiner Encarna vor ungefähr zwanzig Jahren nach Deutschland gekommen ist, um jede Art von Arbeit anzunehmen. In einer der Papierfabriken im Tal ist er Maschineneinrichter geworden. Unsere Buben sind Klassenkameraden in der 5 c des hiesigen Gymnasiums. Beide sind erfreulich intelligent, aber stinkfaul. Mano ißt nach der Schule ab und zu bei uns zu Mittag, meist Tiefkühlpizza. Wenn mir Zeit zum Kochen bleibt, gibt es Spaghetti Bolognese oder Tortellini. Aber eigentlich ist es egal, was es gibt. Sie essen hastig, futtern das Zeug in zwei Minuten weg. Sie schmeißen das Besteck in die Teller oder daneben, rülpsen von ihrem Colamix und verschwinden mit ihren Schulranzen im hinteren Zimmer, wo sie die Tür schließen und allerhand Unfug treiben, mit Sicherheit aber keine Aufgaben machen. Beim Lernen habe ich die Burschen noch nie erwischt. Es würde bei der Lautstärke ihrer Heavy-Metal-Musik auch wenig bringen. Manolo fühlt sich bei uns wie zuhause.

Enrico ist, im Gegensatz zu seiner Ehehälfte, ein ruhiger, besonnener Mann, der geduldig und aufmerksam zuhört, bevor er etwas sagt. Beim ersten Elternabend ist ihm seine bedächtige Art zum Verhängnis geworden. Sie haben ihn zum Elternvertreter gewählt, nachdem sich niemand bereit erklärt hatte, den Job zu übernehmen. Die Klassenlehrerin hatte, um der Form zu genügen, während des Wahlvorgangs den Raum verlassen. Nach zehnminütiger, quälender Stille hatte der Wahlleiter nach Zuruf drei Kandidatennamen an die Tafel geschrieben. Olsün, Dr. Blosse-Täubner, Diaz. Herr Olsün ist Türkischlehrer an einer Privatschule. Er hatte seiner Kandidatur zögernd zugestimmt, weil er die Situation als peinlich empfand und beenden wollte. Außerdem rechnete er nicht damit, gewählt zu werden. Sein Sohn Tahir wirft inzwischen auch seine Schultasche in unsere Wohnzimmerecke und ist ein willkommener Zufallsgast an unserem schnellen Mittagstisch. Frau Dr. Blosse-Täubner, die vor der Heirat mit dem Germanistikdozenten Dr. Blosse Hauswerken unterrichtete, wollte sich für das Amt, wie sie betonte, nur „notfalls" zur Verfügung stellen. Sie sei, erklärte sie in einer längeren Rede, ohnehin mit Basisarbeit in verschiedenen Initiativen und mit gesellschaftlichen Verpflichtungen überlastet. Im übrigen habe sie zwei Töchter auf dem Gymnasium und habe da bereits wichtige Funktionen übernommen. Sie schlage in Anbetracht der politischen Lage vor, den ausländischen Mitbürgern die Stimme zu geben. Als eine Geste der Verbundenheit und des Vertrauens. Die versammelten Eltern haben zustimmend genickt. Enrico Diaz' stummer Protest gegen seine Kandidatur ging in einem Wortschwall unter. Ein allgemeines Bitten und Drängen schwappte über ihm zusammen. Als sein Name an die Tafel geschrieben wurde, zog er ein Gesicht, als habe er Essig getrunken. Encarna saß ein bißchen stolzgeschwellt neben ihm. Ich wäre gern rausgegangen. Meinem Jungen zuliebe bin ich geblieben.

Als nicht erziehungsberechtigter Vater durfte ich nicht wählen. Mit Herrn Olsüns karierter Schildkappe bin ich herumgegangen, um die Papierschnipsel mit den Namen einzusammeln. Ein anderer nicht wahlberechtigter Vater nahm hinter dem Pult Platz, faltete die Zettel auf und las mir die Namen vor. Für jede Stimme habe ich einen Strich an die Tafel gemacht. Die Strichreihe hinter Diaz ist immer länger geworden. Als sich alle zu ihm umgedreht und applaudiert haben, wurde ihm klar, daß er gewählt war. Auf die Frage, ob er die Wahl annehme, zog er wieder sein Essiggesicht, wiegte den Kopf, wollte etwas sagen. Encarna hat ihm den Ellbogen in die Seite gestoßen. Er hat sich schwerfällig von seinem Stuhl hochgeschafft und sich würdevoll und steif verbeugt.

Um die Wahl zu feiern, zum Ausklang, wie es hieß, hat man in einem Lokal der gehobenen Kategorie ein Glas Wein zusammen getrunken. Enrico saß neben Encarna auf einer samtbezogenen Eckbank vor einer wurmstichigen Madonna aus Lindenholz, eingezwängt zwischen Frau Dr. Blosse-Täubner und dem grünen Gemeinderat Lutz Birkle, der eine vegetarische Imbißkette betreibt und dessen Frau der esoterische Buchladen „Abrakadabra" gehört. Die Hände des frisch gewählten Elternvertreters lagen wie knorzige Wurzelstöcke auf der weißen Tischdecke. „Zum Wohl, erstmal!" sagte ein Vater, nachdem die Bedienung drei Flaschen Weingartener Grauburgunder auf die hochstieligen Tulpengläser verteilt hatte. Enrico umfaßte den feinen Kelch, als sei er ein dickwandiges Wasserglas. „Ach, Herr Diaz, erzählen Sie uns doch ein bißchen was über Ihre Heimat!", bat die Blosse-Täubner. Alle rückten interessiert näher. Enricos Stirn legte sich in Falten. „Keine Industria. Wenig Arbeit", sagte er. Damit war die Sache erledigt. Weiter kam nichts. Zur allgemeinen Erleichterung platzte

Encarnas rauhe Stimme in das betretene Schweigen. Sie schwärmte von den vielen Festen, die jeden Sommer zu Ehren der Schutzheiligen in den Dörfern stattfänden. „Ja, ist arme Land. Nix viel verdienen. Und viel heiß, puh! Aber immer Fiesta en verano, in Sommer. Alle Leute verrückt, viel lustig, bailar, tanzen, singen, lachen, nix schlafen ganze Nacht, auch Kinder, egal. Und gute Essen und Trinken, oh, wunderbar!", rief sie lachend und schlug die Hände vor der Brust zusammen. „Tolles Temperament", sagte einer neben mir, und seine Frau flüsterte: „Bißchen arg einfach, die Leute." Man hat über die Kinder, den schädlichen Einfluß des Fernsehens und die zunehmende Gewalt an den Schulen gesprochen. Dann gruppenweise über Mülltrennung, Ökologie, Feinschmeckerlokale in der näheren Umgebung, Urlaubsziele, über Siena, die Bretagne und Ferienhäuser in Dänemark, über Schreitherapie und Schweigefasten, Tennis, einen neuen Golfplatz, Geldanlagen, Autos und alternative Lebensweisen, über Ozonloch, Computerprogramme und wieder über die Kinder, deren Konzentrationsprobleme, Leistungsverweigerung und Anspruchshaltung. Enricos Gesicht war von der Anstrengung des Mithörens und Verstehenwollens gezeichnet. Zwischen seinen Augen hatten sich tiefe Furchen eingegraben. Er schwitzte, zog aber seine Lederjacke nicht aus. Rüdiger Fränkel, Geschichtslehrer, Heimatkundler und Hobby-Mundartdichter, versuchte, Herrn Diaz in das Gespräch einzubeziehen, saß aber ungünstig und hatte keine Ahnung von Fußball. Mit dem maurischen Einfluß auf die Kultur Spaniens oder der Nationalliteratur war über den Tisch hinweg keine Unterhaltung in Gang zu bringen. Er gab sich Mühe. „Cer… Cerwas, bitte? – Ah, Cervantes! Si, ja, guter Mann!" Dabei blieb es. Fränkel gab auf.

Für Encarna war es ein vergnüglicher Abend. Sie lag

beinahe auf der Täubner, während sie der Frau des Rechtsanwaltes Bossert das Familienrezept für ihre Paella anvertraute. Als der Birkle zu einem Vortrag über seine Unternehmensphilosophie ausholte und Frau Dürrson, die Besitzerin des Kunst- und Antiquitätengeschäfts „Ars Vivendi", über das mangelnde Bewußtsein der Leute klagte, die bei Aldi einkauften, leerte ich mein Glas in einem Zug. Ich bezahlte meinen ungefähren Beitrag an der Theke und ging heim.

Beim Weitergehen quietschen meine Schritte. Ein nasser Tagesbeginn. Enrico wäre das nie passiert. Der hätte mir den Eimer nicht über die Füße gekippt, dazu ist er zu umsichtig. Wir haben ihn als Elternvertreter wiedergewählt. Es hatte sich gezeigt, daß es sich lohnte, auf seine Antworten zu warten. Sein blauer Fiat – seit einer Woche steht er auf dem gemieteten Parkplatz hinter der Martinskirche. Zwischen Kotflügel und Reifen hat eine Spinne ihr glitzerndes Netz gebaut. Enrico liegt im Diakonissenkrankenhaus. Etwas mit dem Magen. Ich habe vergessen, Encarna zu fragen, wie es ihm geht, ihm Grüße ausrichten zu lassen. Jetzt kehre ich nicht mehr um.

Über der Marktgasse hat die Morgensonne die nassen Ziegeldächer angezündet. Vor dem türkischen Lebensmittelladen stapeln sich Kartons. Ich rutsche auf einem Salatblatt aus, wäre ums Haar gestürzt. Der rot verspachtelte Ford Transit sperrt sämtliche Türen auf. Selim hat seine Gebetskette an den Blinkerschalter gehängt und poliert Auberginen. Behutsam legt er Mandarinen in schräg gestellte Kisten, mit den grünen Blättchen nach oben. Er reibt Tomaten glänzend, setzt sie auf ein Brett, drapiert Bündel von Liebstöckel und Basilikum dazwischen. Alles macht er langsam und mit der Sorgfalt eines Künstlers. Er zupft noch eine Traubendolde in die richtige Lage, dann geht er einen Schritt zurück, um die fertigen Auslagen zu betrachten. In einer Hand hält er eine Kiste mit zerknülltem Seidenpapier, mit der anderen streicht er seinen buschigen Schnurrbart, der in Deutschland grau, fast weiß geworden ist. Selim ist ein Meister der Präsentation von Obst und Gemüse. Und ein orientalischer Gemütsmensch, den nichts aus der Ruhe bringt.

„Merhaba, Selim." Er schiebt seine Kiste in den Transit. „Merhaba. Wird schöner Tag heut", lacht er mit einem Blick zu den Dächern. Er trägt einen Stapel in Zellophan verpackter Fladenbrote in seinen Laden. Er hat sich einen Pfefferminzzweig hinters Ohr gesteckt, der seinen Kopf mit einer erfrischenden Duftwolke umhüllt, die ihm bei jeder Kopfdrehung in die Nase weht. In der Mittagshitze sitzt er manchmal schläfrig auf der obersten Stufe seines Ladens, lehnt sich mit dem Rücken an die geschlossene Tür und riecht nach Pfefferminze.

Sein Schaufenster ist klein. Auf dem weißen Wachstuch der Regale stehen Flaschen mit Yeni Raki, Kassetten mit türkischen Schlagern, Tee- und Kaffeetüten, Büchsen mit gefüllten Weinblättern, zierliche Mokkatassen und künstliche Rosen in reich verzierten Vasen. Auf blauem Samt stecken reihenweise prächtige Goldringe, liegen Schweizer Uhren zweifelhafter Fabrikation. Da funkeln Rubine und Smaragde wie ein Seeräuberschatz. Auf dem mittleren Regal steht in Augenhöhe eine schwarze, venezianische Plastikgondel mit goldverschnörkeltem Baldachin und farbigen Birnchen im Inneren, made in Taiwan.

Selims Hand erscheint neben der Gondel. Seine Finger grapschen nach einer Fliege, die auf dem Rücken liegt. Er kann sie nicht aufnehmen, Daumen und Zeigefinger sind zu grob für das kleine Ding. „Herrgottsakarament!", höre ich ihn christlich fluchen. Mit einem Tischbesen, der zu den

Geschenkartikeln gehört, fegt er die Fliege auf ein versilbertes Kehrschäufelchen und wirft sie auf die Straße. „Dumme Muck! Gibt so viele Platz draußen. Und schöne Wetter. Warum immer sterben in meine Laden?" Die Transittüren schlagen zu. Ich drehe mich um. Fatma ist gekommen. Sie wird ab jetzt das Geschäft übernehmen, die ersten Kunden bedienen. Selim wird, wie jeden Morgen, den Lieferwagen außerhalb des Fußgängerbereiches abstellen und danach, die Hände mit der Perlenschnur auf dem Rücken, zum Kiosk beim Stadtpark marschieren, wo er seine „Hürriyet" kauft.

Am Eingang des Kioskpavillons fallen mir von weitem schon zwei Männer auf. Sie machen auf mich den Eindruck, als hätten sie Posten bezogen. Ich gehe unwillkürlich langsamer.

Einer ist lang und hager. Er trägt einen Dralon-Kamelhaarmantel, der ihm schief über die knochigen Schultern hängt. Gestreiftes Hemd, breite Krawatte, darüber ein spitziges Fuchsgesicht mit Hut. Auf den ersten Blick wirkt er elegant. Aber die Hosen sind zu kurz, die Krawatte sieht eingehängt und abwaschbar aus. Der andere ist klein und gedrungen, geht dem Langen ungefähr bis zum Krawattenknoten. Seine Hände stecken in den Taschen eines schweren, dunkelgrünen Ledermantels mit geflochtenen Schulterstücken. Der Gürtel ist eng um den massigen Leib geschnallt. Er hat ein rotverschwollenes Gesicht und eine Art Trachtenhut, an dem nur der Gamsbart fehlt, auf dem Kopf mit dem ausrasierten Genick. Der Lange verteilt Handzettel, wechselt hin und wieder ein Wort mit Passanten. Der Kurze macht nichts, steht nur dabei. Das Gespann ist mir nicht geheuer. Es ist keine Angst, das nicht. Nur so etwas wie Unbehagen, ein Atemzug ohne Luft. Das Fuchsgesicht streckt mir einen Zettel hin. Mit einem ärgerlichen Kopfschütteln bin ich vorbei, im Kiosk.

Die Bude ist voll Rauch. Ich muß mich anstellen. Es geht schnell. Marlboro Light, Rubbellose, eine Bild. Der Stapel wird schnell kleiner. Es ist fast wie Daumenkino: Zeigefinger in die Mitte, das Blatt hochschlagen, nochmal falten, in die Tasche. Dazwischen sekundenlang der blutrote Balken und fettschwarz die Schlagzeile, heute: „Wohnskandal: Schwäbin raus – Asylant rein!" Die Tagesration Haß wird ausgegeben. Für sechzig Pfennige wechselt die Meinung ihre Besitzer. Über die Schulter einer älteren Dame, die mit einem fiepsenden Pudel und einer Rolle bunter Frauenillustrierten vor mir steht, überfliege ich den Handzettel der beiden Männer vor der Tür:

Deutschland uns Deutschen!
Nationale Solidarität jetzt!
Multikulturelle Gesellschaft = Chicago = Tod und Elend!
Deutschbewußt – sozial – national!
Uns reicht's! Sofort abschieben!

Etwa zwanzig Meter vor dem Kiosk ist Selim stehengeblieben. Er hat seine Gebetskette um den Zeigefinger gewikkelt, blickt zu dem Gespann Richtung Kiosk, dann wieder seitlich zu Boden. Der Albtäler hat einen Zettel hochgewirbelt, in die Leopoldstraße mitgenommen und auf der nassen Sitzfläche einer Bank festgeklebt. Selim liest und bewegt dabei den Mund. Er muß sich nicht bücken. Die Buchstaben sind groß und dick genug. Auch mit der Sprache hat er kein Problem. Sein Deutsch reicht für dieses gedruckte Gebrüll mit Ausrufezeichen, die ihm wie Knüppel vor den Augen tanzen. Unschlüssig pflückt er seinen Pfefferminzzweig vom Ohr und zwirbelt ihn zwischen den Fingern. Dann wechselt er die Straßenseite und geht am Kiosk vorbei zu seiner Fatma zurück in den Laden. Keine Zeitung heute morgen. Vielleicht später.

Ich bin noch einmal zurückgegangen, um seine Zeitung zu holen. Die beiden Männer haben mir ihr Flugblatt nicht mehr hingehalten, aber ich habe beim Durchgehen ihre Blicke gespürt.

In einer Pfütze vor dem Herrenausstatter Weigold schwimmt Selims Pfefferminzzweig. Ich lege ihm seine „Hürriyet" auf die Tachowaage, deren Nadel zittert. Hürriyet heißt Freiheit.

De Dingsbumsautomat

So, bittesehr. Ein großes Fanta für den klaine Mann. Un e Donald-Duck-Schnitzel mit Pommes. Un für Sie e Viertel ... en trockene Müller war's, gell? So. Zum Wohlsein. Und einmal Zigeunerschnitzel mit Krokette un Salat. En gute Appetit wünsch ich.

Danke. So, Felix. Aber jetzt! Schlag zu! Mann, eine Mordsportion isch des. Sowas nenne die Kinnerteller. Schaff'sch des? Will'sch Ketch-up über die Pommes?

Ja klar. Viel. Oh, ich krieg's net uff, des blöde Ding. Des Scheißgückle do!

Du, so'n Ausdruck möcht i nimme höre! Komm, leg des Messer weg. Du mach'sch dir nur weh. Sowas schneidet mer net uff. Gib her, ich mach's. Guck, sieh'sch die g'strichelte Linie do?

Ja. Des blaue mit dem Pfeil.

Genau. Des nemmt mer zwische d'Finger un dreht so e bissl hin un her. So. Un dann ...

Laß mich's mache, Baba, bitte, laß mich des mache!

Nix. Guck erschtmol zu. Beim nächschte Mol kannsch's dann selber uffmache. Sieh'sch, an dere Stell isch's schon geknickt. Jetzt kann mer's ganz leicht uffreiße. Zack! – Oh Scheiße! Heieiei, e frisches Hemd! Mit dem saublöde Gückleskram immer. Früher hat mer ... Lach net so dumm! Gib mer lieber dei Serviett rüber. Schnell!

Gell, Baba, so hätt ich's a könne, des sag'sch jetzt glei. Des sieht aus, wie wenn ainer im Fernsehe en Schuß in de Bauch neikriegt hätt. Die were jo net richtig dodg'schosse im Fernseh.

Natürlich net. Sonscht gäb's scho lang kaine Film meh im Fernsehe. Des wär a net so schlimm. Aber die mache des halt wie ich. Mit Ketch-up-Blut. So, jetzt isch aber widder g'nug. Hör uff mit dere Lacherei un eß. Die Leut gucke jo schon.

Ach Baba, wenn i mit dir fort bin, isch's immer so luschtig.

So? Aha. Luschtig isch's? Des hört mer gern. – Do noch e bissl drüberfahre. Halb so schlimm. Ganz raus geht's halt net. Sieht mer's noch arg?

Der Flecke isch nimme so rot. Aber er isch viel größer wore.

Na ja, egal. Was soll's? Ich geh sowieso glei haim, wenn i di haimgebrocht hab. Aber jetzt! En gute Appetit, Bu! Du wirsch en Bärehunger habe. Des kommt von de frische Luft. So'n Spaziergang ... Was isch? Warum fang'sch net a?

Ich muß ganz arg uffs Klo, Baba.

Des derf net wohr sei. – Groß?

Ja. En Haufe.

Oh Mann! Es isch doch immer 's Gleiche. Mer kann druff geh. Kaum steht 's Esse uff'm Tisch – Herrgott, kannsch's net noch e Weile verdrücke, bis mer mit'm Esse fertig sin? Des wird doch alles eiskalt. Des dauert doch immer e halbe Ewigkait, bis du ...

S' pressiert, schnell! Ich mach in d'Hos!

Hopp! Auf! Do geht's entlang! Ach Felix! Herrgottsack! S' nächschte Mol gibt's e belegtes Brot oder en Wurschtsalat. Was, wo net kalt wird.

Ich kann doch a nix defür, wenn i en Haufe muß.

Doch! So pünktlich immer dann, wenn's Esse kommt, kann mer nur absichtlich uff's Klo müsse! – Heul net, 's isch jo gut!

Mach mir d'Knöpf uff, schnell, Baba! Ich hab scho beinah e bissl was in de Hos drin, oh je, oh je!

Verdammt nochmol! Dieses Trägergewurschtel. Tausend Knöpf überall. Ich ... ich kann jo die Klettverschlüß net leide, aber in so'me Fall ... also ... jetzt wäre die Dinger net verkehrt. So. Gott sei Dank! – Au, des war jo wirklich höchschte Zeit! – Jetzt aber los. Ich wart drauße.

Net, Baba, bleib doch do! – Guck mol. Do hat jemand mit Filzstiftle un mit Kugelschreiber Bilder an die Wand g'malt. Oh, en Mann. Der isch jo ganz nackich. Bei dem sieht mer 's Zipfele. Des isch aber viel zu groß, oder? Des isch beinahe so groß wie de Kopf.

Ja. Der hat net male könne. Beeil dich, Felix. Unser Esse wird kalt. Ich hab Hunger. Du mu'sch jetzt net jedes Strichle uff dere Wand studiere. So schön sin die Kritzeleie net. Drück un mach fertig!

Vielleicht habe des Kinner g'malt. Eh, was isch'n des?

Bleib sitze, Kerle! Oder bi'sch fertig?

Nai, noch lang net. Es kommt noch was. – Do isch en Mann uff e Frau g'falle. Mache die en Ringkampf?

Möglich. Vielleicht turne se bloß rum. Mach voran, Felix. Konzentrier di uff dei Gschäft! Laß mol sehe. Ha'sch überhaupt scho was g'macht? Oh ja!

Jetzt kann'sch mi abputze. Ich muß nimme. Warum sin die Figürle denn alle nackich?

Kai Ahnung. Klaider sin halt schwer zu male. – Halt still! Bei dem Rumgezappel krieg i doch die Knöpf net zu. – Hoppla, der isch abg'risse. Den steck ich dir in d'Tasch. Soll dei Mama dra'nähe.

Was isch'n des für e Automatekäschtle do? Was kann mer do rauslasse?

Was? Wo? – Ach so. Des isch ... also des isch net wichtig. So Blechdinger hänge in viele Toilette rum. Des isch normal ...

Aber ... aber was kann mer do rauslasse?

Also ... des isch so'n Automat, so'n Dingsbumsautomat. – Wasch dir d'Händ! Sieh'sch, wenn mer uff des Hebele drückt, tropft unne was raus. Des isch flüssige Saif. Prima Sach, hä? Un des isch en Trockner. Ich drück den rote Knopf un ...

Isch do Kaugummi oder sowas drin in dem Dingbumskaschte? – Heb mi mol e bissl hoch. Do hat's farbige Bildle. Die möcht i a'gucke.

Ach was, jetzt geht's esse! Von mir aus ohne d'Händ g'wäsche. Ausnahmsweis. Ich hab Hunger. Auf, komm!

Ich will aber die Bildle seh! Dann geh i mit. Bitte, Baba, bitte! Nur aimol. Lupf mi ganz kurz.

Nervesäg, elende! Hopp. So! – Isch die Höhe recht? Sieh'sch genug?

Ja. Drück mi net so fescht am Bauch! – Was kann mer do kaufe? Spielsache? Oh, guck! Do isch so'n Knüppel mit Zacke. Wie's die Ritter in meiner Ritterburg habe. Genau so, bloß e bissl annerscht. Kauf'sch mir sowas? Bitte Baba!

Des isch kai Spielzeug, Felix. In dem Kaschte sin ... do kann mer so e Art ... Erfrischungstüchle kaufe. Mit Mentholparfüm un so. Des helft, wenn's jemand schlecht wird. Vor Hunger zum Beispiel, wie mir glei. Oder wenn mer de Schnupfe hat. Daß d'Nas frei wird. Daß mer widder Luft kriegt un sich wohler fühlt, verdammt nochmol!

Ah ja! Jetzt seh ich's! Dere Frau uff dem Bildle do geht's ganz schlecht. Der Mann muß se sogar hebe, sonscht däd se umfalle. Un die isch ohnmächtig wore. Die hat scho d'Auge zu. Die schreit sogar. Kann Schnupfe so weh mache?

Ach was, die sperrt halt de Mund uff, weil se durch d'Nas kai Luft kriegt.

Die arme Frau!

Ha'sch jetzt genug g'seh? Kann i di runnerlasse? Du wir'sch mer zu schwer.

Glei. Grad noch des Bild do. Sieh'sch, dere Frau geht's widder besser. Die lacht. Die freut sich, daß se widder Luft durch d'Nas kriegt, gell. Nur der Mann hinnedra guckt komisch.

Ja, der guckt komisch. Du, Felix, ich kann di nimme halte.

Jetzt kann'sch mi runnerlasse. Ich hab alles g'seh. Aber die Ritterkeul, des stachelige Ding. Warum isch des bei dene Erfrischungssache für d'Nas debei?

Des? Des isch nur Reklame. E Symbol. Also e Zaiche, daß die Mittel gege de Schnupfe so stark wirke. Wie'n Knüppel. Kapiert?

Ja. Nai. Komm, Baba. Mach doch e bissl. Mei Pommes were kalt. Ich hab en Bärehunger.

Kakadu

Kakadu oder ich?
kakadu
ich kakanet
immer kaka ich
kakadu mich doch
kreuzweis
du kakadu du

seit wann
kakaduze mir uns?
für Sie immer noch
kakasie
de jüngere kakadu
muß warte
bis de ältere kakasie
ihm 's kakadu anbietet

kakadulation übrigens
zum große kakadum

kakasie sich net in d'Hos
ich kakadu Ihne nix

Kurzschlüsse

Aphorismus? – S' medizinische Lexikon steht links obe im Regal.

Die Toskana hat der liebe Gott für akademisch gebildete Individualtouristen geschaffen. Im Frühling werden dort viele verliebte Katzen von deutschen Studienräten mit Wohnmobilen überfahren.

Die Sehnsucht des Kunsterziehers Walther K. – Einmal als freischaffender Beamtenkünstler mit festen A 16 Bezügen die kreative Sau rauslassen. Er behilft sich mit einer genialischen Resthaarfrisur und leicht abweichendem Verhalten.

Stoßseufzer des Lehrkörpers – Wenn sich nur die Nerven besser trainieren ließen!

Frau Wöhrlein unterrichtet nachmittags eine Klasse von vierundzwanzig Fünfzehnjährigen im Fach Ethik. Danach trinkt sie daheim ein Glas Rotwein mit Traubenzucker und Ei und legt sich auf die Schlafcouch.

Das häufige Unterdrücken des Wortes „Rotzlöffel" und der Verzicht auf Spontan-Ohrfeigen beim Platzen von Kaugummi-Blasen verursacht einen Affektstau, der als pädagogische Migräne ins Genick zieht.

Unsere Kids sind okay. Aber ehrlich gesagt, ich möchte denen nichts beibringen müssen, was die nicht dringend sofort, sondern erst später fürs Leben brauchen.

Die zunehmende Müdigkeit nach manchen Parties kommt vom konzentrierten Weghören.

Manche Leute lasse ich nicht einmal das machen, was sie mich mal könnten. Das ist die lustvolle Grenze meiner Narrenfreiheit.

Dummheit mit Organisationstalent verschüttelt – nein, nicht schon wieder diese landestypische Cocktail-Spezialität!

Wer bei einer strafbaren Handlung tatenlos zusieht, macht sich strafbar. Das tatenlose Wegsehen ist erlaubt – Ein verhängnisvoller Blickwinkel.

Wir züchten uns die Idioten mit den Baseballschlägern schneller als die Bedürfnisse im Werbefernsehen wachsen.

Die Radfahrer haben neuerdings eine Art Salatschüssel in Form einer knapp halbierten Kokosnuß auf die Köpfe geschnallt. Die Industrie hat Fallsucht verordnet.

Ohne Helm steigt de Hubert nimme uff 's Rad. Es könnt sei, daß er blöd fallt, wenn er u'glücklich stürzt. Oder beim Bergfahre de Kopf in d'Kett bringt. Oder mit ai'm zammestoßt, der a en Helm uffhat. Sie lache. Aber bitte – des isch alles noch net dog'wese.

Mit achtevierzig war de Willi noch unner de erschte dreihunnert beim Volksmarathon vom Rote Kreuz. Also der war topfit bis drei Tag vor seiner Beerdigung am Freitag.

Wie geht's eigentlich meiner lieben Achtundsechziger-Generation? – Ach, die verwesen im Ambiete ihrer renovierten Bauernhäuser stilvoll vor sich hin. Bei Edelfisch, trokkenem Wein und Bruckners achter Symphonie. Vielleicht sind sie auch mit dem Schlemmeratlas in Burgund.

„Trau keinem über dreißig" – Wie recht wir vor zwanzig Jahren hatten!

Seit Jahren schreibt Volker an einem autobiographischen Entwicklungsroman mit dem Arbeitstitel „Vom Doppelbock und Pfälzer Winzerschoppen über Schwarzen Afghan, LSD und Valium zu Tafelwasser, Schorle sauer und Edelzwicker – Stationen einer permanenten Bewußtseinserweiterung". Manchmal ruft er mitten in der Nacht bei mir an und bittet mich um Mithilfe bei der Kürzung des Titels, der schon wieder länger geworden sei.

Diese Leute, mit denen ich notgedrungen älter werden muß! Bleibt zu hoffen, daß nicht noch mehr Freunde zu Bekannten werden.

Eine Woche Schweigefasten in bayerischen Klöstern – sollten Sie mal probieren. Ist nicht billig, aber Sie kommen toll erneuert zurück, haben wieder ein richtig archaisches Hungergefühl, ein elementares Mitteilungsbedürfnis und den Geruch von Weihrauch in der Unterwäsche. Die Äbte freuen sich über jeden Gast.

Diese Reisewut der Deutschen – Sie furzen um den Erdball, als hätten sie Kerosin im Hintern.

Selbst im Fernen Osten bekommen wir leichter Salmonellen als eine andere Einstellung.

Der Prospekt hatte nicht übertrieben. Diese Gastfreundschaft in der Türkei! – Direkt ein Kulturschock. Nach dem Urlaub waren die Lechners tagelang regelrecht verstört.

Wer seine Betroffenheit überschläft, bevor er vielleicht nicht darüber schreibt, macht wenigstens einen ausgeruhten Eindruck.

Immer mehr Leute vertreten ihre eigene Meinung wie einen gut eingeführten Markenartikel.

Manchmol bin i so überinformiert, daß i laufend 's Gefühl hab, i hätt was vergesse.

D'Leut schwätze vom Ozonloch, als sei's e Schlitzle im Bierzeltdach.

Aphorismus? – Do steht's. „Akute Entzündung im Satzgewebe."

Es isch net leicht

Bei der Tür zieht's de Evi an d'Füß
an de Haizung isch's mir zu warm
mittedrin sitzt mer uff'm Präsentierteller
im Eck kriegt mer Platzangscht
am Fenschter gucke ai'm d'Leut in de Mund
de Tisch an de Wand isch zu nah beim Klo
vor de Thek isch's net g'mütlich
un im Nebezimmer sitzt mer so abseits
wie soll mer denn
in'me leere Lokal en Platz kriege
wo mer überall sitze könnt?

D'Haberschlachter Lesung

Kürzlich bin i in de Landeshauptstadt g'wese. G'schäftlich. Zum Vergnüge fahrt kain normaler Mensch nach Stuttgart. Höchschtens wege de Kinner in d'Wilhälma. D'Mensche-affe a'gucke. Aber des isch a net unbedingt e Vergnüge. Mer verschreckt eher, weil die Kerle ai'm manchmol so ähnlich sin, daß mer d'Gitterseit verwechsle könnt. Es isch ai'm direkt e bissl peinlich, daß die ei'gsperrt sin, wo mer selber frei rumlaufe derf. Aber um die Stuttgarter Affe geht's jetzt net.

Nach vierzig Minute bin i aus'm Intercity g'stiege un bin mir vorkomme wie uff're Fernrais. Mentalitätsmäßig. Also von de Leut her. Es isch zugange, als sei der Mercedes-Stern uff'm Bahnhofsturm e Antenn, die jedem laufend ins Hirn funkt: Zeit isch Gäld.

D'Klettpassage isch en Knotepunkt in dem schaffige Amaisehaufe. Alle renne, als hätt e Alarmglock g'schellt. Zu de U-Bahne. Zu de S-Bahne. Die Rolltreppe hoch un runner. Digitaltafle knattere, Zahle kippe. Kärtle were verkehrt rum in Schlitz g'steckt un 's funktioniert net. Automatiktüre verklemme Leut, die zu spät komme, un klappe in Gotts Name mit'me wütige Schnaufe nochmol kurz z'rück. Von hinne wer i g'rempelt. Do wird net g'schlendert!

Des isch halt net wie in deim schläfrige Karlsruh, hab i mir g'sagt. Du bisch in're Großstadt. Des isch die schwäbische Rush Hour.

Vor'me Schnellimbiß rutsch i uff'me Pommfritle aus. Ich könnt e Klainigkait esse. Zum Akklimatisiere. An'me Stehtisch trink i e Viertel Haberschlachter un eß Maultasche in de Brüh. D'Hackflaischfüllung isch landesüblich mit Spinat g'streckt. Schmeckt aber net schlecht. Durch die Glaswand betracht i den Betrieb drauße. Des Gewimmel, die metropolemäßige Hektik, der Verkehr un die High Technology, d'Calwer Passage, 's Theater mit sei'm Ballett, d'Staatsgalerie, de Fernsehturm, Mercedes, de Flughafe – 's isch alles do. Aber irgendwas stimmt net. D'Atmosphäre fehlt. Des Stuttgart könnt e Großstadt sei. Wenn d'Leut net wäre.

Die Stadt isch zu groß für d'Leut. Für e Atmosphäre hat die Bevölkerung kai Zeit un kai Talent. Gege den Menscheschlag isch kain Beton g'wachse. Der macht jede Umgebung ländlich. In dem Stuttgart prickelt kai Flair. Defür hat alles en solide G'schmack nach Mauldäschle un Haberschlachter. Un e säuerliches Beig'schmäckle. Nach Schaffe. Nach Gäld. Nach Bauspare, Sach z'ammehalte. Kai Wunder, daß es die Leut im Läbe zu was bringe. Aber für e g'scheite Großstadtatmosphäre kann mer die net brauche. Für sowas Luftigs wie e Flair sin se direkt Gift.

Am Nebetisch stellt en g'schleckte Endzwanziger sei Diplomateköfferle uff de Bode. Cityhemd mit Seidekrawatt, Krawatteklammer in Golfschlägerform, Business-Anzügle, weiße Socke, polierte Slipper. Wichtig sieht er aus. Eine Very Important Person. Mer könnt maine, d'Wirtschaft müßt z'ammebreche, wenn der zu lang do steht. Alles komplett vom Herreausstatter. De Mohairschal hat er lässig um de Hals drapiert, un sei Frisör hat'm e Strähn in d'Stirn hänge lasse, daß er net so verbisse in d'Welt guckt. Aber 's nützt net viel. Des Outfit paßt halt net zum G'sicht. Des Sonnestudio hätt er sich a spare könne. So braun wird mer nur vom Erfolg, den mer gern hätt. Drunner isch der leicheblaß.

Er holt Zigarette aus sei'm Köfferle. Ich streck de Hals.

Was hat er denn drin? E Bildzeitung, en Fertighauskatalog, e Note-Book, e Verdauungsäpfele un e Haarbürscht. Im Seitefach steckt e Frankfurter Allgemaine. Wege'm Börsebericht. En Spätzle-Yuppie.

Wenn ich Typberater wär, däd ich dem Bürschle Grobcord-Hose mit Hoseträger un e karierts Flanellhemd empfehle. Un für sonndags en gedeckte Anzug aus Trevira von de Stang. Un en unauffällige Haarschnitt, der de Kopf net betont.

Er hat sein Koffer in en Senfklecks g'stellt. Mit spitze Finger hebt er'n von sich weg un macht en Schritt z'rück. Er guckt an sich runner, ob 's Anzügle versaut isch. Ich geb dem arme Kerl e Tempo rüber. Er isch so in Panik, daß er mir des Tüchle aus de Hand reißt un 's Dankesage vergeßt. Beim Wische zieht er e G'sicht, als sei der Senfbatze e Hundedreckle. Ich verdrück 's Lache. Er könnt noch so e Taschetüchle brauche, des seh i scho. Aber wenn er für e höfliche Frog 's Maul net uffmache kann – bitte. Soll er gucke, wie er zurecht kommt.

E Frau in sei'm Alter, die sich arg um e damehafte Erscheinung bemüht, kommt mit'me Cola Light an sein Tisch. „Hi Dorle!“ lacht er e bissl gezwunge, weil er noch an dem Senf rumschmiert. Des Papier isch nur noch e erbsegroßes gelbes Kügele. Sie zappelt mit ihre rote Fingernägel an de Grußhand. „Grüß Gottle, Ritschie!“ Wahrscheinlich haißt er Richard. Oder womöglich Erich. Des däd passe.

Ich hör e bissl zu, was se schwätze. Wie mer's halt macht, wenn mer selber niemand zum Schwätze hat. Sie habe's vom Schaffe, vom Streß un vom Urlaub mache. Die Sproch klingt wie aus'm Hals gedrückt un im Mund rumg'schlotzt. Wie e genüßliches, behäbiges Lalle. „Lätschtes Johr send mr ouf de Säschälle gwä“, sagt des Dorle. Des Damehafte isch mit ai'm Schlag weg. Der Ritschie zieht an seiner Zigarett. „Bisch du scho mol in Goa onde gwä? Do ka'sch dei Säschälle vergässe. En granatemäßige Strand." Nach dem Satz bin i mir sicher, daß er Erich haißt. Wer so schwätzt, isch nie weit fort g'wese, egal wo er war. „Diesjohr wellet mr bloß nach Antalya nonder. Do hat de Pfischterer e Feriehäusle kauft. Mit ällem Komfort. Sächzig Mark verlangt'r am Dag. Aber die Türke wisset inzwische au, was se wellet. Für e g'scheits Ässe zahl'sch au vierzig Märkle. Un no ha'sch no nix tronke. In dem Häusle könnet mr sälber koche. Un denäbe isch glei e Kasern mit türkische Soldate. Do ka'sch au am Obend no u'bsorgt spazieregange. Un de Hällmut ka ieber Nacht sei Serfbrättle drauße stande lasse. Die ganz Wohnanlag isch mit'me Mäuerle eigrenzt on rond om d'Uhr bewacht. Do ka'sch di frei bewege on ..." S' Dorle däd gern weiterverzähle, aber de Ritschie hat die ganze Zeit uff sei Rollex geguckt. „I mueß gange, Dorle, Zeit isch Gäld. I han no en wichtige Termin in Fällbach droobe. Mr phonet am Wocheänd wäge'm Squashe, gäll!" Er zieht de Krawatteknote straff un schlenkert sei Köfferle zum Ausgang.

Ich kram en Zettel aus mein're Kitteltasch. Siebzehn Uhr, Landesgewerbeamt, Raum 209. Dort soll i für mein ualtresidenzbadische Verlag e Dichterlesung halte. Wege de Landesbuchwoche. Noch e Stund hab i Zeit. Bezahlt isch, ich kann geh.

Des Viertel Haberschlachter hätt net sei müsse, denk i beim Rausgehe. E Tass Kaffee wär besser g'wese. Dann hätt i des Schild „Drücken" an der Glastür g'sehe und net gezoge un gezerrt, bis d'Leut g'lacht habe. Der Haberschlachter isch en Wein, den mer besser im Sitze trinkt. Wenn mer hocke bleibe kann un nix meh vorhat. En Elsässer Pinot oder en badische Riesling vertrag i besser. Der bringt Lebe ins Hirnstüble. So'n Haberschlachter – scho der Name klingt schwerfällig – macht dumpf un müd. Ich könnt mi grad ins Bett lege.

In de Königstraß liegt e Elendsg'stalt uff're Bank un schloft seeleruhig. Mitte im Betrieb. En Obdachloser. Er hat en speckiche Parka über d'Ohre gezoge, daß er sei Ruh hat. Die nackte Füß stecke in verrissene Turnschlappe. An de Stirn hat er e Platzwund mit're dünne Blutkruscht. Vor de Bank liegt e schmuddlige Kapitänskapp umgedreht uff'm Bode. Uff en Pappedeckl hat er mit Filzstift g'schriebe „Bitte um eine milde Gabe für meinen besten Freund und mich. Danke."

Jetzt seh i erscht die zottliche Zufallskreatur zwische dene Plaschtiktüte unner de Bank. Die Schäferhundschnauz liegt flach uff'm Pflaschter, die Dackelohre hänge seitlich weg un des Ringelschwänzle ringelt sich entspannt. Der Hund schloft net ganz so fescht wie sei Herrle obe. Des hängt vielleicht mit'm Alkohol z'amme. Ab un zu zieht des Tierle d'Stirnfalte hoch un schielt, ohne de Kopf zu bewege, de Leut hinnerher. Oder sei Schwänzle zuckt im Halbschlof. Die zwai mache en stinkfaule G'samteindruck.

Bettle, aifach Geld wolle, ohne was defür zu schaffe, isch in dere Stadt bestimmt kai leichts Gschäft. Wenn die Leut en Bettler sehe, greife se automatisch nach'm Geldbeutel. Aber nur um zu gucke, ob er noch do isch. Gut. Es kommt scho mol vor, daß mer sich von e paar Zehnerle trennt, ohne en Gegewert zu kriege. So isch's net. In de Vorweihnachtszeit, wenn ai'm die chrischtliche Nächschtenliebe im Nacke sitzt. Oder nach're größere Steuerrückzahlung, wenn ai'm de Leichtsinn packt. Am liebschte däd mer so'me arme Deufel freilich e Laugeweckle oder e Wurschtbrot in d'Kapp lege. Dann wüßt mer, daß des Geld net für Alkohol oder Zigarette versaubeutelt wird. Immerhin. Mer hat sich an die Bettelei in de City g'wöhnt. En Großstadtmensch muß tolerant sei un vor allem weggucke könne.

Aber daß ainer beim Bettle net nur nix macht, sondern noch dezu schloft – des isch zuviel. De Gipfel der Unverschämthait isch des. So muß mer sich net provoziere lasse. Des isch en gezielter Schlag ins Gesicht der ortsüblichen Bevölkerungsmoral.

Um die Bank rum isch d'Luft elektrisch g'lade. Wie vor'me Gwitter. De Passantestrom verzweigt sich ärgerlich. Die Junge gehe zügig vorbei un drehe d'Köpf in die annere Richtung. Ältere Leut, die Zeit habe, bleibe steh un balle sich zu schimpfende Häufle. Kopfschüttle, Fingerfuchtle. En Mann im Lodemantel stolpert über die Kapitänsmütz un kickt se mit'me böse Gsicht z'rück. „Nix schaffe. Un dann d'Kappe no saudomm in de Wäg läge!" Von alle Seite hör i d'Leut schimpfe un maule, während i in de Aktetasch nach mei'm Geldbeutel such.

„I däd mei Gäld au gern im Schlof verdiene."

„I han mi vom G'schäft ausruhe welle. Aber säller Dagdieb braucht jo älle vier Sitzplätz, daß 'r sein Rausch ausschlofe ka."

„Es wird emmer schlemmer mit dem Lompegsendl.Wie in dere Schtroß, dere Bronx in Nei York driebe."

„Mir Bachl zahlet älles."

„Des arm Hondle! Ins Tierhoim müeßt mr des brenge."

„Für den Kerle wüßt i e Plätzle. Do müeßt der schaffe! Schaffe müeßt der, bis'm de Schwoiß durch d'Kappe druckt!"

„Manche spielet wenigschtens Mondharmonika. Die bemühet sich."

„Dem Tierle hätt er e Konschtstückle beibrenge könne. Über e Stöckle hopfe. No hätt mr e Freud on däd eventuäll was gäbe."

„Bloß romliege ond 's Stadtbild versaue!"

„Schlofe on d'Kappe zom Kassiere naställe!"

„Auf're städtische Bank! Mueß mr sich des g'falle lasse?"

„Polizei!"

„Herr Wachtmoischter, kommet se mol, bitte! Saget se, ka mr do nix mache?"

„Die Dame do isch müed vom Ei'kaufe. Die däd sich gern setze welle."

En dicker Polizischt rüttelt den Schläfer an de Schulter un stupft'n mit'm Finger in d'Rippe. Der Hund schießt plötzlich unner de Bank vor un knurrt, weil er Uniformierte net leide kann. In mei'm Geldbeutel hab i nur Kupfer un Messing. Zum en Schein wechsle hab i kai Zeit. Ich studier mein Stadtplan un mach mi uff de Weg.

Des muß de Schillerplatz sei. Vor dem Denkmal bleib i steh. Es hat zu tröpfle ag'fange. De Schiller hebt sein grünspanige Bronzemantel vorne zu. Unner'm Lorberekranz guckt er zu mir runner. E Taub sitzt uff sei'm Kopf. Ich mach e paar Schritt zrück, daß i zum Hochgucke de Hals net so verrenke muß. Un daß mer die Regetropfe net in d'Auge gehn. Du hasch's a net lang in dere Stadt ausg'halte, Friedrich, denk i im Stille.

Zehn vor fünf bin i im Landesgewerbeamt. Ein prächtiges Palais mit griechische Säule un hohe Stuckdecke. En Treppeaufgang wie in'me Schloß. Des Marmorg'länder isch zwanzig Zentimeter brait. Verschwitzt un durchnäßt schlepp i mei Dichtertasch in de erschte Stock. En Informationsstand, an dem niemand sitzt. Hinweisschilder, Wegweiser, en Veranstaltungsplan un nummerierte Stellwänd mit Bücher. Von'me Plakätle lacht mer e miserabel kopiertes Portrait entgege. Die Dichter mit ihre ewige Baskemütze un abg'schabte Cordsamtkittel, mit ihre edelbittere G'sichtszüg un … Jesusmaria. Des bin jo ich!

Ich marschier in Pfeilrichtung durch Bücherwänd. Zur Cafeteria. Wo sin bloß d'Leut? Nur e paar einsame Bücherwürm sitze mit käsige Gsichter in dem Neonlicht zwische de Verlagsständ un blättere. Hocke die Besucher vielleicht schon als mei Publikum im Raum 209? Also des wär e Überraschung. Mit so'me Andrang hätt i als badischer Dichter in Stuttgart net g'rechnt. Die Schwobe mache doch gern alles selber. Zum Dichte habe die normalerweis ihr Leut.

Noch fünf Minute. Ich hab e flattrig's G'fühl im Mage. So e Lampefieber hab i scho lang nimme g'habt. Ich könnt nochmol uffs Klo. Es isch zu spät. Für en g'scheite Stuhlgang langt's nimme. Den muß i mer verklemme. Kai Problem. Übungssach. Mein Mund isch pappich wie en feuchte Sack Mehl. Ich muß unbedingt was zum Trinke mitnemme, un wenn's en Sprudel isch. Sonscht verklebt nachher alles, un d'Zung hängt am Gaume. Dann isch aus. Des hab i scho mol erlebt. Bei're Lesung beim CVJM in – ich erinner mi net wo – war nach're halbe Stund de Früchtetee ausg'ange.

Die Cafeteria isch leer. E Frau sortiert G'schirr in e Spülmaschin. „Könnt ich bitte e Glas Wein habe? Wenn's geht kain Haberschlachter", frog i verhetzt, aber höflich. „Mir machet Feierobend!", schnarrt se in ihr Spülmaschin. Mit Haarklammere hat se e Schiffle schräg uff ihre Dauerwelle g'steckt. Des soll flott un gutg'launt aussehe. Diplomatie isch immer e zeitraubendes Verfahre. Ich versuch's trotzdem. Den Feierobend hätt se sich verdient, jetzt, um fünfe, sag i. Sich de ganze Dag mit dene Leut rumärgere, des sei kai Zukkerschlecke. Un die Steherei. Also ich könnt's versteh, wenn se jetzt d'Nas voll hätt. Aber bei'me Dichter, der im Rahme des Programms glei e Lesung hätt, bei einem Mitwirkenden, könnt se doch e Ausnahm mache. Ich bräucht die Flüssigkait für mei Arbait, zum Schwätze. Kuchegable klirre. „I gäb nix meh raus! Auf dene Gläser ischt Pfand. Bei der Rückgabe bene nemme do!" I schwitz. Mir prickelt d'Kopfhaut. Es isch net leicht, in'me höfliche Tonfall was zu sage, wenn mer gern brülle däd. „Könnte Se mir net so e Gläsle ohne Pfand mitgebe? Ich kann doch de Wein net aus de Flasch trinke. Ich bring's Ihne z'rück, Ehrewort. Nach de Veranstaltung stell ich's do uff d'Thek. Ganz sicher." Sie zieht ihr Schiffle von de Frisur un legt's in e Schublad, ohne herzugucke. „Des saget älle!" – „Un wenn ich Ihne des Pfand bezahl? Sie könne des Geld behalte. Als Trinkgeld." – I brauch von Ihne koi Trinkgäld! I verdien mei Sach!" – „Herrgott, dann gebe Se mer halt e Mineralwasser! Des kann i zur Not aus de Flasch trinke!" – „I gäb nix meh raus! D'Kass isch zue!"

Ich dreh uff'm Absatz un geh, bevor mer de Krage platzt. Ob se des „Blöde Gluck, ai'fältige!" noch g'hört hat, waiß i net. Ich hab's aigentlich nur denke wolle, aber 's isch mer zur bessere Erleichterung doch stark halblaut rausg'rutscht.

Punkt fünf steh i verschwitzt vor dem Raum 209. Es wird eh niemand drin sei, denk i. Egal. Die Enttäuschung könnt i verkrafte. Ohne Publikum wär i jetzt mit'me Schlag widder privat un könnt in Ruh was trinke geh. Warum net en Haberschlachter? Wenn mer de Kopf nimme braucht? Des Ausfallhonorar wär e net zu verachte, wenn mer bedenkt, daß mer nix defür g'schafft hat. Un die Bahnfahrt zwaiter Klasse krieg i ersetzt. Im schlimmschte Fall wär i also schlecht bezahlt nach Stuttgart g'fahre. Im Grund kann mir nix passiere. Warum sollt ich nervös sei?

Ich mach d'Auge zu un schnauf so tief durch d'Nas, daß es obe unner de Hirnschal ganz kühl wird. Dann geb ich mir en Ruck un drück mit'me entschlossene Vorwärtsdrall uff d'Türklink. Beinah wär i z'rückgeprallt un rückwärts rausg'ange – der Raum hockt voll Leut! Jemand klatscht. Die annere klatsche mit. Unner'me Platzrege von Vorschußapplaus geh i wie betäubt zu'me Rednerpult. E Triumpfg'fühl macht mer d'Atemwege frei. Daß ich so über d'Fusionsgrenz raus berühmt bin, hätt i net gedacht. So'n Zulauf bei'me badische Dichter im Schwäbische, in de Landeshauptstadt! Des isch de Durchbruch. Wenigschtens als Heimatdichter. Ich fühl mi wie des badener Davidle, des dem dicke Schwobegoliath mit sei'm Einmachgummi e Bröckele Kultur so an de Schädel schleudert, daß der net ins Krankehaus muß, sondern nur ins Nachdenke kommt. Des wär scho was wert. Ich mach eine lächelnde Verbeugung zu dem unerwartete Publikum. Faltige G'sichter, braune Rentnerkappe, Popelin-Regehütle, Wattestöpsel in Ohre, graue Löckle, Spazierstöck un orthopädische Schuh in de erschte Raih. Viele ältere Mensche. Rechts vorne seh i e glattes G'sicht. Der junge Mann hat Schreibzeug un e Kamera uff seine schwarze Jeans. Sogar d'Presse isch do. En Volontär von de Stuttgarter Zeitung. Alles wege mir!

Mit'me wichtige Gsicht leg i meine Bücher un Manuskripte, meine Werke, zurecht un überleg, wie i a'fange könnt. Normalerweise hat mer en Moderator, der einleitende Worte zur Begrüßung sagt un ai'm vorstellt. Des hätt de Herr Kappler vom Verlag mache solle. Aber der isch vorübergehend krank wore, als er von der Stuttgarter Lesung erfahre hat.

Jetzt bräucht i e Brill. Zum Überbrücke von dere erwartungsvolle Stille, die immer entsteht, wenn Leut uff was warte, des scho a'gfange hat, aber noch net los geht. So e Brill kann mer großartig aus'm Etui hole un mit'me Samtläpple umständlich putze, bevor mer se uff d'Nas setzt un solang dort rumschiebt, bis ai'm was ei'fallt. Des erhöht d'Spannung un verleiht dem folgende Vortrag e intellektuelles Gewicht, wenigschtens e paar Sätz lang.

Ich blätter in meiner Zettelwirtschaft. Schwaißtropfe falle

mer aus de Achselhöhl un kullere mit'me Kitzle d'Rippe entlang. Ich bieg scho 's Mikrofon vor de Mund, do rutscht mir des ganze Bündel mit de Manuskripte vom Pult. G'schichte un Gedichte schwebe wie Papierflieger über de Bode un lande boshaft an Stelle, wo mer schwer beikommt, zwische de Stühl un unner de Haizkörper. Die Stehpulte mit ihre saublöde schräge Platte! Es war alles so schön für die Lesung sortiert. Wenn nur jemand lache wollt! Es wär irgendwie e Erleichterung. Aber niemand lacht. Vielleicht aus Höflichkait net. Die Leut verziehe kai Mien. Sie gucke zu, wie ich uff'm Bode rumkrabbel. Manche schaffe sich schwerfällig von ihre Stühl hoch, daß se besser sehe. Von dem Bücke wird's mer en Moment lang schwarz vor de Auge. Ich muß mi mit ai'm Arm abstütze un spür en Dameschuh unner de Hand. En Herr aus de dritte Raih gibt mer e Blatt vor. Er hat's beim Uffhebe kurz überfloge un runzelt d'Stirn. Es isch e Gedicht. Genau mit dem Gedicht könnt i a'fange. Warum net zuerscht was vorlese? Nach dem kurze Textle bedank ich mich beim Publikum für des zahlreiche Erscheine. Dann sag i was zu meiner Person. Ich huscht ins Mikrofon. „Könne Sie mich ganz hinne versteh?" Kai Reaktion. Anscheinend funktioniert's. Es kann also losgeh. Ich les vor:

De Bewußtseinsberater

Ich rat Ihne ab
vom Problembewußtsein
des macht uff Dauer
nur faltig un blaß
nemme Se lieber
e g'scheits Körperbewußtsein
des sieht nach was aus
un macht Spaß ...

E Stecknadel könnt mer falle höre, so still isch's in dem Raum. Die Leut sin ganz bei de Sach. Manche sperre sogar d'Münder uff un habe ihre Köpf schräg g'legt, daß se besser höre. Die lausche förmlich uff jedes Wort. Die Konzentration im Publikum übertragt sich beim Vorlese. Ich hab's voll im Griff. Bei de zwaite Stroph isch mei Stimm scho sicherer:

... So e Körperbewußtsein
kann mer aifach trainiere
's hat vor allem bequem
in jedem Kopf Platz
mer lacht in de Spiegel
g'fallt sich
un hat's ...

Weiter kommt i net. Die plötzliche Unruh im Publikum kann i net länger mit meiner Stimm übertöne. En älterer Herr hat sich an de Stuhllehn vom Vordermann halb hochgedrückt un streckt de Finger wie in de Schul. „Entschuldige Se bitte!“, ruft er viel zu laut, weil er e Hörgerät am Ohr hat. „Saget Se mol, bene do denn richtig in sällem Vortrag vom Professor Feinäugle ieber Erkrankungen der Wirbelsäule?“ Ich schüttel e bissl ärgerlich de Kopf. „Der Vortrag isch im Saal zwoihondertälf! Glei näbedra!“, verkündet der junge Mann von de Zeitung. Wie uff Kommando kommt Bewegung in d'Leut. De Saal leert sich zügig. Stühl poltere, en Krückstock fallt um. Mit Ächze un Geschnauf drängt un schiebt sich alles durch die Stuhlraihe zum Ausgang. „Drübe isch älles voll! Brenget Euere Stühl mit!“, schreit jemand im Flur. Nach dreißig Sekunde isch der Tumult vorbei un 's Publikum vollzählig verschwunde. Nur des Zeitungsbürschle sitzt noch do.

„Des isch de Megaflop g'wä", sagt er un hängt sei Kameratäschle über d'Schulter.

Ich pack ruhig meine Sache z'amme. An de Tür dreht sich der Volontär nochmol um. „Wisset Sie oigentlich", sagt er, „was Sie mich heut obend koscht hen? Hondertfuffzig Märkle hätt i für des Artikele über die Läsung kriagt. Des Gäld isch mr naus. Wo nix gwä isch, ka mr nix schreibe. Sie kriaget doch sicher e Ausfallhonorar, gäll?" Ich nick. „Logisch", sag i un schlupf in mein Kittel. Debei spür i scho e bösartige, gallige Freud, den profitliche Kerle zu ärgere. Der muß natürlich weiter bohre. „Saget Se, was kriaget Sie denn do nur für's Komme, wenn mer froge dürft?" Ich mach so, als müßt i kompliziert kopfrechne, kneif d'Auge zu, runzel d'Stirn un murmel Prozentsätz un Zahle. „Warte Se mol ... also ... u'gfähr ... so vier bis fünfhundert Mark, däd i sage." Er wird so blaß, wie ich mir's vorg'stellt hab. Dann kriegt er e nervöses Zucke in de linke G'sichthälfte un geht, ohne noch e Wort zu sage.

De Himmel über de Stadt isch rot un violett. Em Schiller tropft Rege vom Lorberekranz uff de Mantel. Im Vorbeigeh grüß ich'n mit zwai Finger von de Schläf weg. Servus, Friedrich. Bis irgendwann. Es hat Zeit.

D'Läde mache zu. Vor de Kaufhäuser rassle Eisegitter runner. De Betrieb in de Straße hat sich g'legt. Mein Stadtstreicher von vorhin hat sich wege'm Wetter un vor de Polizei in d'Klettpassage umquartiert. Mit sei'm Hund im Arm sitzt er uff're Isomatt am Boden. In 'me Sechserträgerle Bier fehle drei Flasche, un in seiner Kapitänsmütz glänze e paar Zehnerle. Ich laß en Zwanzigmarkschein dezuflattere. Er zuckt hoch un starrt mi a. Vielleicht will er sich für des schwäbische Wunder bedanke. Mit Handschlag un Bückling. Ich wink ab un bin scho weiter. Es gibt nix zu bedanke. Des war kai Menscheliebe un kai

Großzügigkait, nur so e Art verzweifelter Leichtsinn. Des Stuttgart macht mi aus purem Trotz verschwendungssüchtig.

In de Bahnhofswirtschaft trink i an're karierte Tischdeck zwai Viertel Haberschlachter. Jede volle Stund fahrt en Intercity aus dem Sackbahnhof in alle Himmelsrichtunge fort. Ich genieß des Gfühl, daß i genau so lang bleibe kann, wie i's aushalt.

Chewing Gum

Wunderbar. Um zehn hätt'sch dehaim sei solle. Jetzt isch halb zwölf vorbei. Was ha'sch solang g'macht? Wo bi'sch g'wese? Ich wart uff e Erklärung. Nemm den Kaugummi raus, wenn ich mich mit dir unnerhalt!

Also, was isch? Ich hör. Ich hab Zeit, aber irgendwann will i ins Bett, weil i morge schaffe muß. Zum Beispiel auch für deine vierzig Mark Taschegeld. Raus mit de Sprach. Ich will wisse: Wann? Wer? Was? Wo? Wie im Aufsatz, wo du en schwache Vierer ha'sch. Markus, wenn du diesjahr hänge bleib'sch, isch Sense. Wiederholt wird net. Nachhilfe gibt's kaine mehr. Mir unnerstütze dei Faulhait nimme. Dann geht's halt raus aus de Schul, ab in d'Lehr. Daß du mol schaffe lern'sch. Dann kann'sch dir dei Mofa selber verdiene. Zu're Harley Davidson wird's halt später als Gipser mit Familie net lange. Menschenskind, hör uff zu kaue un spuck den Kaugummi in de Papierkorb! Ich kann des Geschmatze nimme höre!

Wo ha'sch dich rumgetriebe? Wird's bald? Un guck mich a, wenn d' mit mir schwätz'sch. Uff deine Turnschlappe steht d'Antwort net. Die sin nur dreckich und d'Bändel sin offe. Ha'sch deine Schulsache für morge scho gepackt? – Natürlich net. War e blöde Frag. Entschuldigung. Für solche Nebesächlichkaite hat mer kain Kopf ... Aber wenn's ums Vergnüge geht! Vor de Disko stundelang vorm Spiegel rumsteh und 's Bad blockiere. Sag mol, wie stell'sch dir aigentlich dei Zukunft vor? – Überhaupt net, gell? Kopfhörer uff de Schlappohre un Heavy Metal in de Birn. Vor de

Glotzkischt liege un tüteweis Gummibärle un Chips futtere. Sich den ... den MTV-Schrott ... den Ramboschwachsinn un was waiß ich was neiziehe. Hauptsach 's kommt was, daß mer net zu sich kommt un denke muß. Net daß mer aus Versehe e Buch uffschlagt, vielleicht 's G'schichtsbuch. Am Freitag schreibt ihr e G'schichtsarbait. Du sieh'sch, wir sind informiert. Dei Mutter hat sich erlaubt, beim Herr Wöhrle anzurufe. Von dir erfahrt mer jo nix. Un? Scho was g'lernt? – Ach woher denn! Es isch doch noch soviel Zeit. Überhaupt – G'schichte lerne. So en Quatsch. Wozu denn? Mir lebe heut, gell. Was war, isch doch wurscht. Des isch wie mit Grammatik. Ohne Nebesätz kommt mer prima durchs Lebe. Un 's isch net so kompliziert. Wozu braucht die Fun-Generation Konjunktione? In dene Filme wird sowieso bloß noch gebrüllt, g'schosse, Blech verdrückt un Glas versplittert. Subjekt, Prädikat, Objekt im Akkusativ – was soll's? En Döner. Wieviel? Mit drei Wörtle isch alles g'schwätzt. Mer hat bezahlt und isch satt. Außerdem isch eh alles geil un genial. Wie im Werbefernsehe. Pack jetzt den depperte Kaugummi weg! Dieses stumpfsinnige Gekaue isch doch e Zumutung. Do wird mer scho vom Zugucke so blöd, daß mer beinah selber mitkaut.

Sag mol, hörsch du überhaupt zu? Du, des Grinse kann'sch dir spare. Un du brauch'sch a deine Daume net so machomäßig unner de Gürtel stecke un mit de Finger uff de Jeans rumklopfe. Setz dich normal uff dein Stuhl. In welchem Film ha'sch denn des g'seh? Isch de Terence Hill so cool im Rocking Chair uff're Saloonveranda g'hängt? Cool – des wär'sch gern, gell? Cool. Aber des zieht bei mir net. Vor allem net, wenn mer in're leichte Wiederholungsarbait in Englisch „more cooler" steigert. Also Markus, des kann ich dir verspreche, wenn's mit de Schul net endlich besser klappt, wird alles g'striche. Dann verschwindet Punkt a: der

Fernseher aus deim Zimmer. Punkt b: kein Basketball mehr. Vorläufig jedenfalls. Punkt c: Ausgang nur noch samstags. Bis zehn. Aber nur dann, wenn alle deine Pflichte im Haus erledigt sin, sprich, Müllaimer leere, Straß fege, Rase mähe etcetera. So. Un wenn sich dann dei Ei'stellung immer noch net g'ändert hat: Abmeldung von de Musikschul. Du üb'sch sowieso net. Ha'sch du natürlich net nötig, ich waiß. Alles Feeling. Du bi'sch halt e Naturtalent. Wie de Jimmy Hendrix. Note lerne, Griffe übe. Sowas Langweiliges. Aber für des Gejaule, des ab un zu aus'm Keller kommt, brauche mir kai hunnertzwanzig Mark im Monat bezahle. Radau könne mer billiger habe. Isch dir aigentlich klar, wie lang mir für dei Gitarr un den Verstärker schaffe müsse? Des intressiert dich net. Also wenn mir früher so e Möglichkait g'habt hätte ... Herrgott, zum allerletschte Mol, nemm den Dreckskaugummi aus'm Mund! Sofort! Un hör uff mit dere idiotische Kauerei! Mit dem ekelhafte Geschmatz un Gematsche. Hör uff, Mensch! Oder ... Wenn du main'sch, du könnt'sch mich mit ... mit dem Grinse un dere Kaugummikauerei provoziere ... Zack! So. Jetzt kann'sch dein Chewing Gum dort hinne in de Eck suche. Un morge weiterkaue.

Herrgott, Markus. Es tut mer laid. Mach doch e anners Gsicht. Mir isch halt d'Hand ausgrutscht. Warum könne mir zur Zeit net vernünftig mitenanner rede. Von Mann zu Mann. Wie früher, vor'me Jahr oder so. Als du noch e Kind war'sch. Vergeß die Ohrfeig. Oder vergeß se net. Aber sag jetzt um Gottswille net: „Schon in Ordnung, Vadder." Un wenn i wisse will, wo du zwischen zehn und halb zwölf war'sch un was d' getriebe ha'sch, dann steck dir lieber en frische Kaugummi in de Mund un geh ins Bett. Aber sag bloß net: „Nirgends. Nur so halt."

Fiesta

Mir mache's uns g'mütlich

de Markus spielt Game Boy
de Kevin hört Walkman
d'Eva kämmt d'Barbie
d'Katz frißt Thunfisch
d'Spülmaschin rumpelt
's Esse war prima
ich steh uff'm Balkon
un trink en Metaxa
d'Renate guckt Glücksrad
e Frau g'winnt de Hauptpreis
en knallrote Fiesta
die Frau
und d'Renate
heule vor Glück

ich könnt grad mitheule

Power Tower

Wenn Se was kaufe
dann kaufe Se doch glei was Rechts
hat der Verkäufer g'sagt

un jetzt steht er do
in de Wohnzimmereck
der nagelneue High Grade Quality Receiver
mit Digital Tuner un Compact Disc Player
samt Cassette Player Double Deck
mein Power Tower
im Vollglasrack
mit'm Haufe Oversampling
sogar High Speed Dubbing
mit so'me Digital Fader
un'me g'scheite Memory Scan
mit Random-Relay-un Continuous Play
un logisch
Full Logic Autoreverse
mit Bass Booster im Three-Way-Syschtem
un mit'me prima Graphic Equalizer
daß mer a sieht was mer hört
natürlich alles voll Remote Control
mit Program Store
Display un LCD

un ich wollt nur
e aifachs Radiole für d'Küch

Katzewäschbecke

„Sowas Überzwerchs brauche mir net. Die ganz Zeit sin mir ohne so e ... so e französisches Katzewäschbecke in Kloschüsselhöh auskomme. Mir wasche uns, wenn's sich rentiert. Regelmäßig gründlich. Mir läppere net ab un zu e bissl do un dort an uns rum. Deutsch wasche mir uns. Net à la française. Sin mir bisher vielleicht dreckich rumg'laufe?", hab i zu de Gerlinde g'sagt. Sie hat abg'winkt. Ich sei altmodisch.

„Das Bidet gehört heute zum Standard im Bad", hat de Verkäufer in dem Sanitärbetrieb g'maint, wo mer d'Bäder fürs Haus bestellt habe. „Des kann sei, aber bei mir halt net", hab ich'n abgeblockt. „Bei mir vielleicht scho", isch mir d'Gerlinde so schnippisch in de Rücke g'falle. Beinah hätte mer vor alle Leut Krach kriegt. Mir hab'n verschobe, bis mer im Auto ware. Der Verkäufer hat mi a'geguckt wie'n Missionar, der so'me arme, verstockte Wilde 's Evangelium neidrücke will. Er hat mer e Benson & Hedges angebote un plötzlich in'me ganz gmütliche Tonfall Dialekt g'schwätzt.

„Also lieber Herr Seibold, stelle Se sich vor, ihr Häusle steht. Sie wohne drin, fühle sich wohl", hat er a'gfange zu verzähle, un ich hab mi g'ärgert, daß i aus Versehe gnickt hab. „Großzügige, helle Räum, individuell möbliert, wie mer's heut so hat. E Terrass mit Schabracke-Marquise un Grill im Freie. En herrlich angelegte Garte. Nach'm Grundriß habe Se jo Platz genug. E Biotop mit Zierschilf. Vielleicht so'n Zwerg, der drin angelt. Warum net? Wenn's ai'm g'fallt? Un en Wintergarte, wo d'Spaziergänger sie mitte im

Dezember, wenn drauße Weihnachte isch, zwische Kiwi, Dattelpalme, Schlingpflanze und Orchidee sitze sehe könne, wie in'me urgmütliche Privatdschungl. Nebe'm Haus en geräumige Car Port mit Platz fürs Kaminholz un de Rasemäher. Alles wunderbar. Sie freue sich uff ihr behagliches un repräsentatives Haim. Nach'm G'schäft kurve Sie schwungvoll unner des Car Port-Dächle un ..."

Ich hab'n vielleicht e bissle unfreundlich unnerbroche. „So schwungvoll komm i nach'm Schaffe net haim. Ich bin kain Beamter", hab i g'sagt, „außerdem fahr i mit'm Bus ins G'schäft." Unnerm Tisch hat mer Gerlinde mit ihrem Pfennigabsatz uff'm Schuh rumgebohrt un debei den Verkäufer a'glächelt, daß er weiterschwätze soll.

„Reschpekt, Herr Seifert", hat der gsagt. „Umweltbewußt!" De Druckschmerz von de Gerlinde ihrem Absatz hat nachg'lasse, aber ganz hat se de Fuß net weggezoge. Ihr Absatz hat mi durchs Leder gekitzelt. Ich hab uff d'Uhr g'schielt un widder zughört.

„Lasse Se mich mein Fade kurz zu End spinne, Herr Seifert. Ihr Haus, Sie sin rundum zufriede. So weit, so gut. Jetzt passiert folgendes: An'me schöne Obend sin Sie mit ihrer Frau im Bekanntekrais bei Leut ei'glade, die a frisch gebaut habe. Sage mer, bei'me G'schäftskolleg. Der Mann isch etwa im gleiche Alter, hat e ähnliche Position un e vergleichbares Gehalt. Ihre Häuser sin in Größe un Ausstattung also kaum verschiede. Die habe vielleicht statt'me Gartezwerg so en Zement-Barockengel oder en griechische Gipsjüngling im Garte stehe. Oder sein Zwerg angelt halt net, sondern schafft, schiebt von mir aus en Schubkarre mit Geranie durch d'Gegend. Die habe möglicherweis modern gebaut, asymmetrisch, do e bissl schief, dort e bissl schräg. Do en Blechgiebel, dort en Glaszacke. So – entschuldigung – so Architektefürz, die en Haufe Geld koschte. Ihr Haus isch gediege un konservativ, wenn i den Plan betracht. Klassische Dachschräge, weite Überhänge, die Geborgehait vermittle. Durchgehender Südbalkon, g'schnitztes Geländer, viel Holz. Allgäuer Stil, könnt mer sage. Alles G'schmacksach. Un über G'schmack laßt sich bekanntlich net streite. Gott sei Dank. Sonscht wär de Zirkus uff de Welt nimme zum Aushalte. Kurz un gut, Herr Seipelt. Sie sitze bei dene Lehmanns oder Schulzes uff de Terrass. Eventuell mit annere Gäscht. Alles nette Leut wie Sie. Es isch e schwüle Sommernacht. Typisch Rheinebene. Ideal zum Draußesitze. Vom Biotop quake d'Frösch, uff'm Grill brutzle Schweinekammsteaks vom Sonderangebot beim Wertkauf. Die müsse a spare, weil se gebaut habe. Aus dem Fünfliter-Partyfäßle schnorchelt Schaum, als wär kai Bier drin. Es isch überhaupt alles wie bei Ihne dehaim. Es gibt nix, was Sie so ähnlich net a hätte."

„Seie Se mer net bös", bin i'm ins Wort g'falle un hab uff mei Uhr geklöpfelt, „aber mir habe noch ainiges zu erledige. Annere Handwerkertermine, Behördegäng. Mir wollte uns von Ihne fachlich berate lasse un eventuell en Auftrag loswere. Ich hab mir den Vormittag im Gschäft net freig'nomme, um mir G'schichte ..." Weiter bin i net komme. D'Gerlinde hat mer gege 's Schienbein getrete, weil se mit de Absätz meine Füß net g'funne hat. Der Schmerz war so jäh, daß i in de erschte Wut reflexartig zrückg'staucht hab. Net so richtig fescht, mehr symbolisch. Daß se merkt, daß ich mir des net g'falle laß. Zum Glück hab i net getroffe. Ich hab ihr Hand sanft uff meim Arm g'spürt. Die Bauerei, hat se mich entschuldigt, ging halt an d'Nerve. „Vollkomme klar", hat de Verkäufer g'sagt. „Sowas geht an d'Substanz." Ich hab nix dezu g'sagt. Uff den Krach im Auto hab i mi direkt g'freut.

„Jetzt sin mer glei beim Thema, Herr Seifried", hat der

Verkäufer versproche. „Also Sie sitze bei dene Schulze-Lehmanns gemütlich uff de Terrass un sin mit sich un de Welt zufriede. So. Irgendwann im Lauf des Obends müsse Sie austrete. Oder ihr Frau will sich frisch mache. Do verschlagt's Ihne d'Sprach. Sie stehe in'me orientalische Luxustraum von Badezimmer – alles Marmor. Die Badwann – was sag ich? – das Badebecken drei Stufe erhöht in de Bode eingelassen, von unne beleuchtet. Natürlich mit Whirlpool-Düse. Zwai Doppelwasch-Mulde, nicht mehr freihängend wie früher, sondern mit edel gestylter Porzellankonsole. Do könne sich vier Leut notfalls gleichzeitig exzessiv de Oberkörper wasche, ohne daß se sich mit de Elleboge remple. Dann kaine ovale oder runde Spiegel meh. Nix. Die ganz Wand verspiegelt. Do sehe Se sich permanent in voller Größe, könne Se jede Bewegung kontrolliere. Sehr erotisch, wenn ich mir die Bemerkung erlaube derf. Und eine Naßzelle. En klainer Raum für sich im Pavillonstil. Massagestrahl aus vier Richtunge. Sie komme aus'm G'schäft, fix un fertig. Sie fühle sich wie e Markfünfesiebzig. Drei Minute in so're Naßzell, und Sie sin widder fit. Garantiert. Zwische dene Pflegebereiche, als funktionale und ästhetische Einheit, die Toiletteschüssel und – das Bidet! Als Ausdruck gehobener Sanitärkultur. Un sowas habe Sie net! Un warum? Weil Sie heut e paar Mark spare wolle! Herr Seippelt, der nette Obend bei dene Schulze-Lehmanns isch g'laufe. Des wär jo net weiter schlimm. Aber glaube Se mir, Sie un ihr Gattin ärgere sich e Lebe lang. Oder Sie reiße irgendwann ihr ganzes Bad raus un lasse alles, zum Beispiel so e Bidet, nachträglich ei'baue. Aber dann wird's teuer. Von dem Dreck will i garnet schwätze. Ihr Frau wird sich bedanke. Aber bitte, ich möcht Sie zu nix überrede. Hier, so könnt ihr Bad in etwa aussehe. Die Modelle könne mir kurzfrischtig liefere un komplett installiere."

Er hat uns en Katalog mit farbige Hochglanzbilder unner d'Nas g'schobe. „Haeberling Design" hab i g'lese. In'me Marmorbad hat sich e wunderschöne südländische Frau d'Fußnägel rot lackiert un hat g'lacht debei. „Des isch zum Beispiel das Modell Alhambra". Sein Finger hat uff's Papier getippt. An sei'm klaine Finger hat en Brillant geglitzert. Er isch mer net sympathisch g'wese, der Verkäufer. „Gucke Se sich die Armature a. Do sehe Sie kai häßliche Hebel, Drehgriffe oder Hähne", hat er g'sagt. „Die Bedienungselemente wachse praktisch organisch aus de Wand raus. Des sin Kunschtwerke aus Metall. Hier vergoldet. Des muß net sei. Die gibt's auch versilbert. Oder in Edelstahl. Isch natürlich preislich en enormer Unnerschied. Ehrlich g'sagt, ich würd Ihne zur Stahlausführung rate. Des reicht vollkomme un isch immer noch sehr repräsentativ."

„Was däd denn der Spaß koschte?", hab ich g'frogt. Er hat widder e G'sicht gezoge, als hätt i was Saublöds gsagt. „Ich kann's Ihne nachher gern ausrechne. Aber vorneweg g'sagt: Mer kann sich billiger wasche, lieber Herr ... wie war de werte Name noch?" – „Seibold." – Irgendwo hat e Telefon geklingelt. „Sie entschuldige mich en Augeblick", hat er uns gebete und mit ai'm Mol widder hochdeutsch g'schwätzt. „Bin sofort wieder bei Ihnen. Schauen Sie inzwischen den Katalog mal in Ruhe durch. Aber denken Sie daran, man baut in der Regel nur einmal im Leben. Und das Bad ist die kulturelle Visitenkarte des Hauses." Beim Gehe hat er den Katalog mehr zur Gerlinde g'schobe. Die hat en ganz rote Kopf un glänziche Auge g'habt. Ihr Mund war beim Durchblättere halb offe. Sie hat freudig erregt ausg'sehe. Ich hab förmlich g'spürt, wie se sich in die Fraue uff dene Bilder neidenkt. Un wenn sich d'Gerlinde mol in was neidenkt, isch von auße nix meh zu mache.

Fürs Erdg'schoß hat se sich mit dem Verkäufer fürs

Modell „Alhambra“ entschlosse. Net vergoldet. Nur versilbert. „Mache mer en Kompromiß, Heinz“, hat se g'sagt. Ich hab vornehm un e bissl belaidigt g'schwiege. Es war kai billigs Schweige. Aber mer hat halt sein Stolz. Für obe habe mer die Edelstahl-Ausführung vom „Pompeji“ g'nomme. Mit italienische Kachle. Alles „Haeberling Design“. Vom Finanzielle hab i 's G'fühl ghabt, mir baue unser Haus um zwai Bäder rum. Über den Krach im Auto möcht i kai Wort meh verliere. Er isch rum. D'Nadel vom Drehzahlmesser hat laufend im rote Bereich gezittert. E Wunder, daß nix passiert isch. Heut isch des alles vergesse. Der Verkäufer war en Drecksack. Aber wenn ich so en Sanitärbetrieb hätt – den Mann däd ich sofort mit'me Spitzegehalt ei'stelle.

Un ich muß sage, ohne so e Bidet könnt ich mir 's Lebe garnimme vorstelle. Von de Sanitärkultur her. Es stimmt scho. Mer wird net an alle Körperstelle gleichmäßig dreckich. An de Elleboge schwitzt mer generell weniger als zum Beispiel an de Füß. Was hat mer früher g'macht? Entweder hat mer sich in d'Badwann g'setzt un komplett g'wasche. Mit Elleboge un allem. Oder mer hat sich vor'm Waschbecke verrenkt. Wenn i an die Rumturnerei vor dene Waschbecke denk! De linke Fuß hochzerre, dann de rechte, balanciere. Heut? Mit'm Bidet isch des e bequeme Sach. Des geht so nebeher. Oder grad im Intimbereich. Was war des immer für en Umstand, wenn mer ... also ... Sie wisse scho ... mit der Frau mol kurz ... sage mer, die schönste Sache der Welt g'macht hat? Wege dem bissl an dere winzige Stell ... also des isch zwar net direkt Dreck, aber mer kann's halt hygienemäßig net lasse ... hat mer sich vor'm Waschbecke uff d'Fußzehe stelle müsse, bis mer sozusage unnerum über'm Rand war. Akrobat schön. Un hat trotzdem die ganz Gegend verspritzt. Heut setz ich mich bequem uff mei Bidet, les d'Zeitung un rauch en Zigarillo. Unne isch's angenehm lauwarm. Dort wird alles perfekt sauber. Außerum bleibt alles trocke, un obe informier ich mich.

Unsere Bäder an sich – sanitärkulturell auf Jahre hinaus führend. Mir müsse manchmol lache, wenn mer über Nacht B'such habe. Die Leut komme morgens zum Frühstück raus un mache so, als hätte se sich g'wasche. In Wirklichkait sin se mit dene Bedienungselemente net klar komme un habe's uffgebe, bevor se was falsch mache oder sich durch en falsche Handgriff verbrühe. Debei isch die Bedienung ganz aifach. Raffiniert aifach. Eine ergonomisch abgestimmte Bewegungskombination. Aber ich wett mit Ihne, wenn Se sich net auskenne, kriege Sie do kain Tropfe Wasser raus. Wenn Sie's intressiert, führ ich Sie nachher mol rum. Ich wollt Ihne sowieso 's Haus zaige. Wenn mer bedenkt, daß mir früher über de Hof g'müßt habe, wenn mer g'müßt habe!

Mischeläng

Herr Ober! – Ober! Komme Se mol her.

Ja, bitte? Etwas nicht nach Wunsch?

Net nach Wunsch. Gucke Se sich des Flaisch a. Innedrin. Sehe Sie des net?

Bedaure, aber ...

Nix aber. Jetzt drück i mit de Gabel druff. Passe Se mol uff, was passiert. So. Aha. Was isch des?

Nun ja, das ist ...

Die pure rosa Brüh isch des. Wisse Sie, in're gutbürgerliche Wirtschaft, in de Rose, im Deutsche Schwert oder im Clubhaus, wo mer übrigens garnet schlecht eßt – mir ware bei de Konfirmation von unserm Junior sehr zufriede, auch von der Qualität her – dort däd ich jetzt überhaupt nix sage. Do kann sowas passiere. Es isch halt a preislich en klaine Unnerschied. Aber in'me Lokal ...

Mein Herr, ich bringe Ihnen gern ...

Sie brauche mir nix bringe. Ich waiß, Sie könne nix defür. Aber in'me Lokal, des immerhin vom Mischeläng beinah en Stern kriegt hätt, muß ich mich als Gourmand beschwere. Des Steak isch nur halb durch. Un ich hab ausdrücklich medium bestellt!

E grobe Poesie

Noch was zum Programmschluß
bevor i's vergeß

blöd wird mer schnell
durch en Schlag uff de Kopf
oder langsam
durch en Verlernprozeß

ich waiß
mer könnt's de Leut
e bissl netter sage

aber wer jeden Obend
's Fernseh aushalt
kann waiß Gott
e grobe Poesie vertrage

Daß i net lach!

Des isch e starkes Stück! E Frechhait! So e bodenlose Unverschämthait!

Aber von Ihne laß ich mich net belaidige. Von Ihne net! Des nemme Se zurück. Sofort. Un zwar vor vollem Plenum. Oder die Sach hat e Nachspiel. Ich bring Sie vor de Kadi. Jawoll. Wege Verleumdung, übler Nachrede und Rufmord! An Ihne mach ich mich net dreckich. Mit solche Leut verkehr ich nur noch per Anwalt.

Muß ich mir sowas ins G'sicht sage lasse! Ausg'rechnet von Ihne! Sie ... Sie habe doch noch d'Windle verschisse, do hab ich schon d'Kampagne organisiert. Ich hab de Frohsinn in dieser Region mitbegründet. Des kann Ihne jeder hier im Nebezimmer bestätige. Oder?

Un Sie Grünschnabel wolle mir ... also, 's isch e Unverfrorehait sondergleichen ... wolle mir unnerstelle, ich hätt kain Humor!

Daß i net lach ... hahaha!

De Herr Däuble

Wenn de Herr Däuble
net im Amt für öffentliche Ordnung
im Zimmer 17
nebe'm Philodendron säß
sondern in'me Mahagoni-Office
mit Bodyguard

wenn de Herr Däuble
kai beiges Freizeitanzügle
mit Sitzfalte
sondern e schwarze Gala-Uniform
mit Schulterklappe hätt
und kain g'leaste Golf
sondern en gepanzerte Benz

wenn de Herr Däuble
kain mittlerer Beamter wär
sondern seine mittlere Beamte hätt

wenn de Däuble
net mache müßt
was mer ihm sagt
sondern sage dürft
was mer macht

dann hätt ich des Gedicht
über de Herr Däuble
net schreibe dürfe

E kurzes Gedicht von'me lange Besuch

Fühlt Euch wie dehaim
hör i mi noch sage

sie habe's gmacht
jetzt sin se fort

ich könnt en Schnaps vertrage

Ballade von den beweibten Zeiten

Ach, immer wieder
sieben fette Jahre
schenkelweich geborgen
rosarote Zukunftssorgen
in beweibten Zeiten

Frühstückseier unter Häkelmützen
zweisam traut auf Bänken sitzen
beim Wein in Sommernächten
oder in Möbelhaus-Etagen
über Einbauküchen-Skizzen
erlöst im Schlaf
nach schönen Regelmäßigkeiten
mit einer apfeldrallen Gabriele
einer gertenschlanken Nathalie
mit Barbara und Anne-Marie
und wie sie alle hießen
diese attraktiven Damen
mit denen wir bei gutem Wind
ein Stück des Wegs gesegelt sind
bis wir am Ende Federn ließen
und gerupft
dem Paradies entkamen

Dann wieder
kurzgeschnallte Gürtel
unrasierte Schmerzgesichter

ruheloses Geistervolk im Kneipenlicht
hundsgemein allein und
vogelfrei mit Idealgewicht
zum Abflug in die atemlosen Weiten
zum Taumeln zwischen allen Möglichkeiten

Ach, nach den großen Lieben
diese wundersamen unbeweibten
Sechserpack- und Raviolizeiten

De Jean vom Café des Amis

Er kratzt sich mit de main gauche
rechts an sei'm oreille
schiebt sei casquette ins G'nick
bestellt sei viertes Kronenbourg pression
un lacht mit de Gauloise im G'sicht
so melancholisch amer-doux
in d'Lauterbourger Nachmittags-soleil

er reflechiert un peu
un guckt in d'Welt
wie'n alter chien de chasse
l'amour hätt'n dans la vie
ewig umgetriebe
er hätt halt toujours Pech ghabt
mit de Liebe

die erscht Frau wär'm fortglaufe
die zwait Frau wär'm weggstorbe
un die dritte sei gebliebe

Schwätze

Es passiert
praktisch nie
daß es Leut
die nix zu sage habe
d'Sprach verschlagt

schwätze Se
ruhig weiter

Die falsch Vergeßlichkait

Es wird immer schlimmer
mit mei'm Gedächtnis

früher hab i g'sagt:
herrgottnochmol
's liegt mer uff de Zung
aber 's fallt mer ums Verrecke net ei
was i sage will

heut muß i oft sage:
oh Verzeihung
des tut mer aber laid
jetzt hab i ganz vergesse
was i net sage wollt

's kommt immer öfter vor
daß i 's Falsche vergeß

un de Freundekrais
wird klainer

Abgang mit Dank

Sehr verehrtes Publikum, meine Damen und Herren!

Das Programm nähert sich nun zügig dem Ende. In wenigen Minuten wird der Hausmeister, dem ich hiermit für die Bereitstellung einer Flasche Mineralwasser nebst Glas, für dieses wunderschöne Alpenveilchen als Tischdekoration und die akkurate Bestuhlung danken möchte, Sie durch Einschalten der Saalbeleuchtung in ein grelles Licht tauchen. Gleichzeitig wird er meine Wenigkeit hier vorne durch Ausknipsen der Bühnenscheinwerfer in einer Finsternis verschwinden lassen, die mir, offen gestanden, nicht ungelegen kommt. Es wird gewissermaßen ein jäher Bühnenwechsel stattfinden. Danach steht der Rest des Abends wieder zu Ihrer freien Verfügung und ist Ihr Problem.

Ich danke Ihnen für Ihre geschätzte Aufmerksamkeit, um die ich mich, wie Sie mir wohl ansehen werden, nach Kräften und nicht völlig erfolglos bemüht habe.

Ich danke Ihnen für Ihr überaus dezentes Räuspern, Husten, Niesen und Schneuzen. Daß Sie mit teils fiebrigen Infekten und an der Schwelle der Bettlägerigkeit sich dennoch aufgerafft haben, meine Lesung heimzu … besuchen, ist bewundernswert. Gute Besserung.

Weiter danke ich Ihnen für die taktvolle Unterdrückung des Gähnreizes. Mit bebenden Kiefern und feuchten Augen, die weniger erfahrene Kollegen als Zeichen der Ergriffenheit über das Vorgetragene hätten mißdeuten können, haben Sie mir einen wenig erfreulichen Anblick erspart.

Mein besonderer Dank gilt den Herrschaften in der ersten Reihe. Ihre diskrete Art, sich gegen Ende der Veranstaltung immer gewissenhafter über die genaue Uhrzeit zu informieren, der höflich-delikate Einsatz Ihrer Zeigefinger zum Anlüpfen der Hemdenmanschetten, um einen flüchtigen Blick auf das Zifferblatt ihrer Uhren zu senken, hat mich sehr beeindruckt und war mir laufende Orientierung in der zeitlichen Organisation meines Programms.

Bei einigen Damen und Herren kann ich mich nicht mehr bedanken, weil sie offenbar die strategische Nähe zur Tür genutzt haben, um sich im Schutze der Dunkelheit zu entfernen und den weiteren Verlauf dieses Abends vorzeitig selbst in die Hand zu nehmen. Ihr Gehen war von einer geschmeidigen Rücksichtnahme bestimmt, die allerdings mit geringer werdender Entfernung zum Ausgang nachließ.

Sollte ich übrigens dem einen oder anderen der noch Anwesenden mit meinen Texten zu nahe getreten sein, würde ich mich freuen und bitte um Verzeihung.

Ihnen allen danke ich für den mitfühlenden Applaus. Kommen Sie gut nach Haus.

Herr Hausmeister! Schalten Sie Ihres Amtes!

Inhalt

Weitere Titel von Harald Hurst in der Edition G. Braun

Das Zwiebelherz
Liebesgeschichten

„Wer bisher nur seine lustig-hinterhältigen Gedichte kennt, hat hier Gelegenheit, den Erzähler Hurst kennenzulernen: aberwitzige, situationskomische und pralle Geschichten aus dem Alltag."
Deutsches Allgemeines Sonntagsblatt

De Polizeispielkaschte
Mundartgeschichten

„Mundart ohne den üblichen Schmus, ohne Heimatduselei und Rückwärtsgewandtheit, aus und für unsere Zeit. . ."
Badische Neueste Nachrichten

Ich bin so frei
Gedichte und Prosa in Mundart und Schriftdeutsch

„Was Harald Hurst in seinen Gedichten auszeichnet, Dinge, die andere übersehen, in knappen, präzisen Sätzen auf den Punkt zu bringen, das schafft er auch in seinen Geschichten."
Süddeutscher Rundfunk

Weitere Autoren in der Edition G. Braun

Armin Ayren, **Die Trommeln von Mekka,** Erzählungen
Doppelbödige Geschichten, skurrile Märchen, bissige Satiren und die Innenansichten eines feinsinnigen Beobachters.

Margarete Bernhardt, **New York und nicht zurück,** Erzählungen
Geschichten aus New York — autobiographische Erlebnisse und Reflexionen aus einer schrillen Stadt.

Rosemarie Bronikowski, **Bomben und Zuckerstückchen,** Erzählung
Autobiographisch geprägte Erzählung über eine junge Frau im Nationalsozialismus und eine Studie über die Verführbarkeit autoritätsgläubig erzogener junger Menschen.

Josef Huerkamp, **Stille Fehde,** Roman
Ein Heimatforscher entschlüsselt die tödlichen Hintergründe eines Fußnotenkrieges zwischen zwei längst verstorbenen Kollegen in der Zeit des Nationalsozialismus.

Matthias Kehle, **Elfmeterschießen,** Erzählungen
Geschichten über das Gedankenlose täglicher Gewohnheiten und das Groteske im Normalen.

Jürgen Lodemann, **Alles wird gut,** Roman
Liebesgeschichte, Reiseroman und zugleich ein Kriminalfall — mit einer Lösung nicht unbedingt im Sinne geltenden Rechts.

Johannes Poethen, **Wer hält mir die Himmelsleiter,** Gedichte
Diese Gedichtsammlung ist der Konfrontation des Absurden mit der Realität verpflichtet und zugleich eine verschlüsselte Autobiographie zwischen Griechenland, Schwaben und dem Rhein.

Hans Zengeler, **Traumtänzer,** Roman
Diese Reise eines Nachtportiers durch seine Vergangenheit spiegelt zugleich seine Suche nach Identität und die Angst vor Realitätsverlust.